하나님의 뜻

Found: God's Will

하나님의 뜻

하나님께서 당신의 인생에 두신 목적과 방향을 발견하라.

존 맥아더 저
서진희 옮김

베드로서원

Found: God's Will

하나님의 뜻

초판 1쇄 발행	2006. 10. 31.
초판 5쇄 발행	2014. 3. 25.
지은이	존 맥아더
옮긴이	서진희
펴낸이	방주석
펴낸곳	베드로서원
주소	(130-812) 서울 동대문구 신설동 104-8 진흥빌딩 501호
전화 | 팩스	02)333-7316 | 02)333-7317
이메일	peterhouse@daum.net
홈페이지	www.peterhouse.co.kr
창립일 | 출판등록	1988년 6월 3일 | 2010년 1월 18일(제59호)
ISBN	89-7419-228-4
책값	뒤표지에 있습니다.

베드로서원은 말씀과 성령 안에서 기도로 시작하며
영혼이 풍요로워지는 책을 만드는 데 힘쓰고 있으며
문서선교사역의 현장에서 세계화의 비전을 넓혀가겠습니다.

나의 힘이신 여호와여 내가 주를 사랑하나이다(시 18:1)

c.o.n.t.e.n.t.s.

제1장
하나님은 조이킬러인가? 7

제2장
출발점 15

제3장
성령으로 충만하라! 29

제4장
순결하라! 59

제5장
세상에서 순종하라! 71

제6장
고난을 받으라! 81

제7장
뭐든지 다 하라! 105

God' s Will

하나님은 조이킬러인가?

God's Will

God's Will . 01

"하나님의 뜻은 무엇인가?
하나님의 뜻을 간단하게 설명해주고,
실행할 수 있게 해주는 구체적인 원리들은 없는가?"
이 질문을 이 책에서 당신에게 풀어 줄 것이다.

하나님은 조이길러인가?

여행을 하면서 내가 자주하는 질문은 "어떻게 크리스천들이 자기 인생을 향한 하나님의 뜻을 알 수 있는가?"라는 것이다. 하나님에게는 믿는 자들 각각의 인생에 대한 계획이 있다. 우리 대부분은 그것을 알고 있다. 그러나 우리는 인생의 갈림길에서 하나님의 계획이 무엇인지 알 수가 없어 답답해 할 때가 종종 있다. 수도 없이 많은 책들, 팸플릿들, 설교들이 이러한 문제들을 다루고 있다. 그러나 대답은 여전히 모호하기만 하다. 나는 내가 쓴 이 소책자가 하나님의 뜻에 관한 이런 문제들을 신선하고 실제적인 방법으로 접근함으로써 문제와 답 사이의 갭을 좀 더 좁혀줄 수 있기를 기도한다.

어떤 사람들은 이런 문제에 대한 분명한 가이드라인이 있는지 알아보려고 애써보다가 결국 머리만 복잡해진다. 또 어떤 사람들은 자기들이 하나님의 뜻을 제대로 깨닫지 못하고 있다고 생각한다. 그래도 최소한 이런 사람들은 하나님의 뜻을 찾고 있는 사람들이라고 말할 수 있다. 그런 사람들에게 있어서 하나님은 마치 부활절 토끼와 같다. 부활절 토끼가 보이지 않는 곳에 계란을 감추어 놓듯이 하나님은 자기의 뜻을 감추어 놓고 우리로 하여금 인생을 살아가면서 그것을 찾도록 하는 것이다. 그리고 하나님은 저 높은 곳에서 우리를 내려다보면서 이렇게 말한다. "너희들, 점점 더 안달이 나고 있구나!"

또 어떤 사람들은 특이한 경험을 통해 하나님의 뜻을 발견할 수 있다고 말한다. 뛰어가다가 바나나 껍질을 잘못 밟아 미끄러졌는데 넘어진 곳이 우연히 인도 나라의 지도가 그려진 곳이었다. 그때 즉각 주님께 "오, 주님, 이렇게 구체적으로 나의 삶을 인도해 주시다니 감사합니다"라고 말한다. 또는 꿈속에서 칠레의 선교사로 오라고 부르시는 음성을 듣거나 환상을 본다.

또 어떤 사람들은 하나님의 뜻을 알기를 두려워하는 사람들도 있다. 나는 흄 레이크 캠프(Hume Lake Camp)에서 만났던 어떤 운동선수를 잊을 수가 없다. 그는 나에게 "나는 내 삶을 예수님께 내어드릴 준비가 되어 있는 것 같지가 않다는 생각이 스스로 들어요. 나는 예수님이 나에게 어떤 일을 하라고 시킬지 그것이 걱정이 되어 두렵기만 합니다"라고 말했다. 그는 하나님이 건장한 운동선수를 데려다가 두 다리를 부러뜨린 후에 플루트를 연주하게 만들 것이라는 생각을 하고 있었다. 그것은 하나님이 사람들의 재미와 즐거움에 찬물을 끼었고 축제날에 비를 내려서 축제를 망치는 일종의 "세상의 즐거움을 빼앗아가는 조이킬러"라는 생각이다. 이러한 관점을 가지고 있는 사람들은 하나님의 뜻이 그들의 소중한 능력과 소유를 희생하도록 만들고 그들에게 아주 힘든 삶의 방식을 강요하는 것이라고 생각하면서 두려워한다.

또 '놋쇠 고리' 식의 사고방식을 가진 크리스천들도 있다. 예전에 흔히 볼 수 있었던 놋쇠 고리 상자가 놓여 있는 회전목마가 기억나는가? 하나님의 뜻을 그런 식으로 생각하는 크리스천들이 있다. 만약 당신이 회전목마를 타다가 용감하게 손을 뻗어 상자 속에 담긴 놋쇠 고리를 한 개 집으면 그날은 아주 운이 좋은 것이다. 그러나 놋쇠 고리를 못 집고 철 고리를 집으면 그냥 그것으로 만족해야 한다. 이것을 다른 말로 하면, 당신은 회전목마 시합에서 승자가 될 수는 없고 그냥 그 시합에 참가하는 것으로 만족해야 한다는 뜻이다.

나는 하나님의 뜻이 "주변상황과 마음의 충동"과의 운 좋은 만남이라는 어떤 글을 읽은 적이 있다. 그리고 그런 주장들은 다음과 같이 말한다.

"하나님의 뜻은 무엇인가? 하나님의 뜻을 간단하게 설명해주고, 실행할 수 있게 해주는 구체적인 원리들은 없는가?"

나는 그런 원리들이 있다고 믿는다. 그리고 그것이 이 책에서 다루고 있는 핵심이다. 어떤 직장을 구해야 하는지, 어떤 학교에 다녀야 하는지, 어떤 이성과 사귀어야 하는지, 어떤 주어진 상황에서 어떤 결정을 내려야 하는지 당신은 알 수 있는가?

그렇다. 이제 당신은 그런 것들에 대해 더 이상 염려할 필요가 없다. 이제 그런 고민들과는 작별을 고할 시간이 다가오고 있으며, 이리저리 기웃거리며 그런 것들에 대해 알아보려는 시도도 마지막을 고하게 될 것이다.

그러면 일단, 단순한 하나의 가정 하에 하나님의 뜻을 알아가는 일을 시작해보자. 그 가정은 하나님은 항상 우리를 위하는 분이시기 때문에 우리가 하나님의 뜻을 알기를 바라신다는 것이다. 만약 그것이 사실이라면 하나님은 아주 명확한 방법으로 우리에게 하나님의 뜻을 전달하려고 하실 것이 분명하다. 그렇다면 그 방법은 과연 어떤 것일까? 그것은 하나님의 계시인 성경을 통해서이다. 하나님의 말씀 한 마디 한 마디에 하나님의 뜻이 분명하게 나타나 있다. 나는 사람들이 이 사실을 반드시 알아야 한다고 생각한다. 사실 하나님의 뜻은 성경에 아주 분명하게 나타나 있다.

이 책에서 제시하는 성경적인 원리들을 살펴보다 보면 상상조차 할 수 없는 놀라운 결론이 당신의 인생을 바꾸게 될지도 모른다. 그것에 대비해 마음의 준비를 단단히 하라.

Chapter . 02

출발점

God's Will

God's Will . 02

하나님의 뜻 중에 가장 첫째 되는 것은 사람을 구원하는 것이다.
하나님의 뜻은 당신이 그리스도를 아는 것이고,
그 다음으로 당신의 이웃들이 그리스도를 아는 것이다.
바로 지금 두 다리로 걸어 나가 하나님의 뜻을 행하려는 마음을 가지라.

출발점

이제 하나님의 뜻이 무엇이든지 간에 그것은 더 이상 나에게 문제가 되지 않는다. 그리고 당신도 그것을 문제 삼을 필요는 없다. 처음부터 시작하자. 그리고 하나님이 하나님의 말씀을 통해 우리에게 무엇을 보여주는지 알아보자.

사도 베드로는 하나님의 뜻이라는 개념을 우리에게

소개했다. 그의 두 번째 서신인 베드로후서에서 베드로는 거짓 선지자들을 "물 없는 샘"(생명수의 근원처럼 보이지만 실상은 그렇지 않은), "토한 것을 다시 먹는 개"(과거의 죄로 돌아가서 마치 토한 것을 다시 먹는 것 같은)라고 하면서 경고하고 있다. 베드로는 이러한 "샘들" 또는 "개들"의 특징은 두 가지를 부인한다고 말한다. 첫 번째, 예수 그리스도의 신성과 "주님께서 그들을 사셨다는 것"을 부인하고(벧후 2:1), 두 번째, 그리스도의 재림을 부인한다(벧후 3:1~10).

그런 사람들은 조롱하는 말투로 이렇게 말한다. "예수가 재림한다는 말은 도대체 어떻게 된 거야? 너희 광신자들은 예수가 다시 온다고 만날 말하고 돌아다니는데, 예수가 돌아왔다면 지금 어디 있는데? 나는 도대체 예수를 본 적이 없거든." 그들의 논리는 이런 식이다. "세상은 우리 조상 때부터 지금까지 하나도 변한 게 없어. 늘 그대로야. 지금까지 세상이 달라지지 않은 것을 보면 앞으로도 세상은 달라지지 않을 거야. 나는 지금까지 죽지 않았기 때문에 앞으로도 절대로 죽지 않을 거야. 나는 암에 걸리지 않을 거야. 왜냐하면 전에 한 번도 암에 걸린 적이 없거든."

베드로는 "너희들은 홍수심판의 교훈을 잊어버렸도다. 언젠가는 이 세상에 마지막이 오리라. 그리고 하나님이 큰 불심판을 세상에 내리리라"(벧후 3:10) "주님께서 그의 약속을 지키시는데 더디신 것이 아니다"(벧후 3:9)라고 말했다. 다른 말로 하면, 지금까지 하나님께서 이 세상을 심판하는 것을 한 번도 본적이 없다고 해서 그것이 앞으로도 하나님이 세상을 심판하지 않을 것이라는 것을 의미하지는 않는다는 것이다. 즉, 하나님이 말만 하시고 그 말을 지키지 못하는 분이 아니라는 것이다. 하나님의 약속이 더딘 것은 하나님이 능력이 없거나 또는 신실하지 않아서가 아니라 "우리 중 아무도 멸망치 않고 다 회개하기에 이르기를 원하시기 때문에 우리를 대하여 오래 참으시는 것이다"(벧후 3:9).

하나님의 뜻 중에 가장 첫째 되는 것은 사람들을 구원하는 것이다. 바로 그 이유 때문에 하나님은 심판을 미루시는 것이다. 바울은 "이것이 우리 구주 하나님 앞에 선하고 받으실만한 것이니 하나님은 모든 사람이 구원을 받으며 진리를 아는데 이르기를 원하시느니라"(딤전 2:3~4)고 기록했다.

하나님의 뜻은 사람들을 구원하는 것이다. 만약 당신이 인생에서 많은 실패와 고난을 격고 있으면서도 가끔씩 기분이 내키면 잠깐잠깐 기도할 뿐 십자가 앞에 무릎 꿇고 나아와 예수님을 인격적으로 만나지 않는다면, 당신은 하나님의 뜻과는 전혀 무관하게 살고 있는 것이다. 당신이 그렇게 살고 있는 한 하나님은 당신의 인생과 관련해서 어떤 구체적인 것도 당신에게 보여줄 이유가 없다. 왜냐하면 당신은 첫 번째 자격부터 미달이기 때문이다. 그것은 바로 구원이다.

자기에게 속한 자들을 인도하시는 하나님

유명한 뉴욕의 큰 레스토랑과 나이트클럽을 소유하고 있는 어떤 사람이 뉴스 인터뷰에서 다음과 같이 말한 적이 있다. "저 위에 계시는 그분이 아니었다면 오늘날 내가 이렇게 성공할 수는 없었을 것입니다."

물론, 사도 바울이 아테네의 우상숭배자들에게 "우리가 그를 힘입어 살며 기동하며 있느니라"(행 17:28)고 했을 때 그 말에서 바울이 의도했던 의미에서 생각한다면 그 사람이 했던 말은 틀린 말은 아니다. 그리스도는 온 우주를 주관하는 분이시다. 그분의 간섭하심이 없다면 아무도 어떤 모습으로든 또 어떤 모양으로든 이 세상에 존재하거나 살아갈 수 없을 것이다.

성경에서는 하나님이 예수님을 구주로 영접하지 않은 사람들의 삶까지도 신실하게 인도하신다는 기록을 어느 곳에서도 찾아볼 수 없다. 대신에 우리는 "자기 양을 다 내놓은 후에 앞서 가면 양들이 그의 음성을 아는 고로 따라오되"(요 10:4)라는 말씀을 읽을 수 있다.

그리스도와 상관이 없는 사람은 하나님에게는 전혀 낯선 사람일 뿐이다. 그 사람은 하나님을 대적하는 사람이며, 하나님이 창조하신 이 세상에서 다만 외인일 뿐이다.

성경은 하나님의 뜻이 사람들을 구원하는 것이며, 그것이 구원 역사의 시발점이라고 말한다. 예수님은 마가복음 3장 31~35절에서 이에 대해 분명하게 말씀하셨다. 예수님이 회당에서 가르치실 때 그의 형제들과 어머니가 찾아왔다. 회당 안에는 많은 사람들이 자리를 잡고 앉아 예수님의 말씀을 듣고 있었기 때문에 예수님의 형제들과 어머니는 예수님에게로 다가갈 수가 없었다. 그러자 어떤 사람이 예수님에게 다가와서 "당신의 어머니와 형제들이 당신을 찾고 있습니다"라고 말했다.

그때 예수님은 "누가 내 모친이며 동생들이냐"(33절)라고 물었다. 나는 이에 대해 무리들의 반응은 이러했을 것이라고 생각한다. "무슨 소리야? 저 사람들이 예수님의 어머니이고 동생들이라는 것을 천하가 다 아는데!"

만약 예수님의 첫 반응이 그들에게 충격으로 다가오지 않았다면 두 번째 반응은 틀림없이 충격으로 다가왔을 것이다. "둘러앉은 자들을 둘러보시며 가라사대 내 모친과 내 동생들을 보라"(34절)

사람들은 서로 얼굴을 쳐다보며 '누구? 나 말이야?'라고 생각했을 것이다.

그리고 난 뒤 예수님은 자격에 대해 언급하셨다. "누구든지 하나님의 뜻대로 행하는 자가 내 형제요 자매요 어머니이니라"(35절)

예수님이 하려고 했던 말은 무엇인가? 예수님은 사람이 예수님과 관계를 맺기 위해서는 하나님의 뜻을 행해야 한다는 것을 말하려고 했던 것이다. 이것을 뒤집어서 생각해보면 하나님의 뜻을 행하기 위해서는 예수님과 관계를 맺어야 한다는 것이다.

사도 요한은 "이 세상이나 세상에 있는 것들을 사랑

하지 말라… 이 세상도, 그 정욕도 지나가되 오직 하나님의 뜻을 행하는 자는 영원히 거하느니라"(요일 2:15~17)고 말했다. 누가 영원히 거하는가? 하나님의 뜻을 행하는 자들이다. 그렇다면 영생을 주실 수 있는 유일한 분은 누구인가? 바로 예수 그리스도이시다. 그러므로 하나님의 뜻을 행하는 첫 걸음은 다른 것이 아니라 바로 구원받는 것이다.

만약 당신이 예수 그리스도께 당신의 삶을 의탁하지 않았다면, 당신은 하나님에게 아무것도 기대할 수 없다. 하나님은 당신에게 아무것도 빚진 것이 없다. 하나님은 당신에게 책임질 것이 아무것도 없다.

사람들은 이 진리를 거부한다. 구원의 교리는 사람들에게 별로 인기가 없다. 그 이유는 구원을 받으려면 죄에 대한 인식이 반드시 있어야 하기 때문이다. 아무도 죄를 인정하는 것을 좋아하지 않는다. 그리고 많은 사람들이 그들이 구원받아야 할 죄인이라는 것을 인정하기 싫어한다.

UCLA에서 있었던 일

나는 UCLA 대학 캠퍼스에서 C.C.C.(대학생선교회)가 주최한 전도대회에서 복음을 전했던 적이 있었는데 평생 그 일은 잊혀 지지 않을 것이다. 약 2천 명의 청년들이 사람들에게 일대 일로 다가가서 그리스도를 전했다. UCLA는 유다이즘의 요새이며 동방 정통주의, 보수주의, 개혁주의가 공존하고 있다. 따라서 UCLA는 복음에 대해 그다지 열린 곳은 아니라고 볼 수 있다. 어쨌거나 우리는 그곳에서 복음을 전했다. 그러자 데일리 브루인(Daily Bruin)이라는 UCLA 대학 신문의 일면에 크리스천이 브루인(곰)의 목을 발로 밟고 서있는 풍자만화 그림과 함께 기사가 실렸다. 그 기사 내용은 대학 학장이 대학 캠퍼스 내에서 예수 그리스도에 대해 말하고 다니는 모든 사람들에게 즉각 그런 행동을 중지하라고 경고하는 내용이었으며, 그렇게 하지 않으면 대학 측에서 바로 "조치"에 들어가겠다는 것이었다. 그 학

장은 "대학 내에서 종교적인 활동을 해서는 안된다"라고 기록되어 있는 UCLA의 대학 학내 규정을 인용하고 있었다.

물론 죄와 구원 등에 대해 대화하는 것이 어떤 사람들에게는 기분 나쁜 일일 수도 있다. 누가 죄에 대해 듣고 싶겠는가? 대부분의 사람들은 죄를 가리기 위해 가면을 쓰고 살아간다. 그들에게 죄는 죄가 아니다. 절대로 죄가 아니다. 죄는 "출생 전 심리성향"이라고 심리학자들은 말한다. 그들은 죄는 "개인적인 특성"이고, 내분비선이 제대로 작동되지 않아서 생기는 문제라고 말한다.

그러나 하나님의 뜻은 사람들을 구원하는 것이다. 그렇다면 이제 모든 것이 분명해졌다. 당신이 아직 구원을 받지 않았다면 그리스도에게로 나아와야 한다. 그리고 이미 구원을 받았다면 구원의 메시지를 들고 다른 사람들에게 다가가야 한다. 그것이 하나님의 뜻이다. 세상 어딘가에는 예수 그리스도를 필요로 하는 사람들이 있다. 하나님은 그들이 구원받기를 원하시며 당신과 나는 복음을 운반하는 수단이 되어야 한다. 그것이 하나님의 뜻이다.

당신은 하나님의 뜻이 뭔지 모르겠다고 말하겠지만 나는 하나님의 뜻이 무엇인지를 당신에게 말해줄 수 있다. 첫째는 당신이 그리스도를 아는 것이고, 그 다음에는 당신의 이웃들이 그리스도를 아는 것이다. 그것이 하나님의 뜻이다.

우리는 바로 지금 두 다리로 걸어 나가 하나님의 뜻을 행하려는 마음도 없으면서 둘러앉아 빈둥거리면서 먼 미래에 두신 하나님의 뜻에 대해 운운하고 있을 때가 많다.

하나님은 사람들이 구원받기를 간절히 바라신다. 그래서 하나님은 가장 사랑하는 아들을 십자가 죽음에 내어 주셨다. 십자가는 하나님의 사랑의 깊이를 보여주며 하나님이 얼마나 사람들을 구원하기 바라시는지를 보여준다.

Chapter . 03

성령으로 충만하라!

God' s Will

God's Will . 03

당신은 성령으로 충만한 삶이 어떤 것인지 아는가?

그것은 마치 당신이 살아 계신 예수 그리스도와 함께 있는 것처럼

인생의 매순간을 그렇게 사는 것이고,

하나님의 말씀과 그의 인격과 더불어

그리스도 안에 있는 모든 것들로 흠뻑 젖어있는 상태이다.

성령으로 충만하라!

만약 우리가 믿는 자들인데도 (하나님의 가족의 구성원들) 하나님의 뜻을 알지 못한다면 우리는 도대체 어떤 자들인가? 하나님의 뜻에 대한 정보가 없어서 깨닫지 못하는 자들인가? 그렇지 않다. 그렇다면 우리는 하나님의 뜻을 찾고 있는 자들인가? 그것도 아니다. 우리는 다만 바보 같은 자들일 뿐이다.

당신은 "그건 좀 심한데요. 성경은 그렇게 말하지 않잖아요"라고 말할 것이다. 과연 그럴까? 그렇다면 이 말씀을 찾아보라. "그러므로 어리석은 자가 되지 말고 오직 주의 뜻이 무엇인가 이해하라"(엡 5:17) 어리석은 자를 표현해 주는 또 다른 말을 떠올려 보라. 한 가지 힌트를 주면, 그 말은 "바"로 시작된다.

물론, 바보 같다는 말이 좀 지나친 데가 있다 하더라도 사실 훨씬 명확한 표현일 수가 있다. 그러나 두 가지가 동일한 의미라는 것은 분명하다.

게다가, 에베소서 5장 16절에서는 우리에게 "세월을 아끼라"고 말하고 있다. 즉, 서두르라는 뜻이다. 우리에게는 시간이 별로 없다는 것이다. 우리는 "세월을 아껴야 한다. 그 이유는 때가 악하기 때문이다."

당신은 "나는 하나님의 뜻을 찾고 있어요. 어쩌면 내가 어리석을지도 모르죠. 그래도 아무것도 하지 않고 가만히 있는 것보다는 나은 것 아닌가요?"라고 말할 수도 있다.

물론이다. 가만히 있는 것보다는 나을 수도 있다. 하나님의 뜻에 대해 어리석을 수밖에 없는 것이 당신의 처지라면 말이다. 그러나 그것이 정말 당신의 처지라면 성경이 당신에게 "어리석은 자가 되지 말라"고 명령하지는 않았을 것이다. 어리석은 자가 되지 않을 수 있는 방법은 에베소서 5장 18절에 나와 있다. "술 취하지 말라 이는 방탕한 것이니 오직 성령으로 충만함을 받으라"

만약 당신이 하나님의 뜻을 알기 원한다면 첫째, 당신은 구원받아야 한다. 둘째, 당신은 성령으로 충만해야 한다. 하나님의 말씀이 그렇게 말하고 있다.

많은 크리스천이 "하나님이 왜 나의 결혼 상대를 보여주지 않는지 그 이유를 모르겠어요"라고 말한다. 어떤 사람들은 "내가 어떤 직장을 가져야 하는지, 내가 어떤 비즈니스를 시작해야 하는지, 내가 어떤 물건을 구입해야 하는지, 이사를 가야할지 말아야 할지, 특정 문제에 대해 내가 어떻게 처신해야 하는지를 왜 나에게 보여주지 않는지 모르겠어요. 하나님은 왜 나에게 하나님의 뜻을 보여주지 않는 거죠? 왜 나를 위해 그런 것들을 해주지 않는 건가요?"라고 말한다. 이런 사람들은 성령으로 충만하지 않는 상태로 늘 살아간다. 성령이 하나님의 뜻을 명확하게 보여주시는데도 말이다. 하나님이 이미 하나님의 뜻을 분명하게 보여주셨는데도 불구하고 그것을 따르지 않는 사람에게 하나님이 더 이상 또 뭐를 더 보여줘야 한단 말인가?

성령으로 충만하다는 뜻은 무엇인가? 여기서 잠깐 간단한 신학 이론에 대해 설명하겠다. 우리는 그것을 성령 충만한 삶에 대한 이론이라고 부를 것이다. 당신이 구원을 받았을 때, 즉 당신이 예수 그리스도를 영접하면 성령이 오셔서 당신 안에 거하게 된다. 성령이 함께하지 않는 크리스천은 없다. "누구든지 그리스도의 영이 없으면 그리스도의 사람이 아니라"(롬 8:9, 참조: 고전 6:19, 12:12~13) 그런데 얼마나 많은 크리스천이 그들에게 성령이 없다고 생각하는지를 보면 참으로 놀라지 않을 수 없다.

나는 교회에 가보면 신실한 성도들이 "오, 하나님, 성령을 보내주십시오"라고 기도하는 것을 듣게 된다. 그러면 나는 속으로 '성령은 바로 여기 계시잖아요. 바로 여기요!' 라고 말한다. 또한 나는 사람들이 "하나님, 성령을 더욱 충만하게 부어주십시오"라고 기도하는 것을 듣는다. 마치 성령이 한 방울 한 방울 똑똑 갈증 나게 임하는 것처럼 말이다.

성령은 인격이다. 성령은 당신 안에 살아 계신다. "너희 몸은 너희가 하나님께로부터 받은 바 너희 가운데 계신 성령의 전인 줄을 알지 못하느냐"(고전 6:19) 우리는 이미 우리가 가지고 있는 것들을 여전히 구하고 있을 때가 너무나 많다. 우리는 성령을 달라고 기도한다. 그런데 성령은 이미 우리 안에 거하신다.

당신은 당신의 기도에 대해 분석해 본 적이 있는가?

당신은 "하나님, 이러저러 하기 때문에 더 풍성한 사

랑을 주십시오"라고 기도한다. 그런데 성경은 "하나님의 사랑이 우리 마음에 부은 바 됨이니"(롬 5:5)라고 말하고 있다.

당신은 "하나님, 나에게 더 큰 은혜가 필요합니다"라고 말한다. 그런데 하나님은 당신에게 임한 하나님의 은혜가 이미 족하다고 말씀하신다(고후 12:9).

당신은 "오, 주님 나에게 더 많은 능력을 주시옵소서"라고 부르짖는다. 그러나 성경은 "그리스도 안에서 모든 것을 할 수 있다"라고 말한다(빌 4:13).

당신은 "오, 하나님, 저를 인도해 주세요"라고 말한다. 그러나 하나님은 "내가 너를 인도하려고 이렇게 애쓰고 있는데 왜 너는 따라오지 않느냐?"라고 하신다.

당신은 "하나님, 나에게 능력이 필요합니다"라고 부르짖는다. 그러나 성령이 임한 그 순간부터 당신에게는 이미 능력이 있는 것이다(행 1:8).

하나님 안에서 완전함

크리스천들이 그들에게 모든 것이 있다는 것을 깨달을 때가 도대체 언제일까? 베드로는 "그의 신기한 능력으로 생명과 경건에 속한 모든 것을 우리에게 주셨으니"(벧후 1:3)라고 기록했다. 당신에게는 부족한 것이 아무것도 없다. 그러나 수많은 연약한 크리스천이 "내게는 이것을 또는 저것을 할 능력이 없어요"라고 말하고 다닌다.

사도 바울은 골로새교회 성도들에게 "너희도 그 안에서 완전(Complete)하여졌으니"(골 2:10)라고 말했다. 완전하여졌다! 당신은 더 이상 무엇을 찾고 있는가? 더 이상 무엇을 더 구하고 있는가? 야고보는 당신이 무엇을 구해야 하는지를 말해주고 있다. 그것은 "지혜"이다(약 1:5). 지혜는 이미 당신에게 있기 때문에 더 이상 구해야 할 필요가 없는 것들이 무엇인지를 알게 해준다. 이와 마찬가지로 우리는 성령을 구할 필요가 없다.

성령은 이미 우리 안에 계신다.

예수님은 "오직 성령이 너희에게 임하시면 너희가 권능을 받고"(행 1:8)라고 말하셨다. 그러므로 우리 안에 성령이 있으면 우리에게 능력도 있는 것이다. 그리스어로 능력이라는 말은 'dunamis'이다. 이 말에서 다이너마이트라는 말이 생겼다. 당신은 말 그대로 걸어 다니는 다이너마이트이다.

당신은 "정말이요? 글쎄요. 난 실감이 나지 않는데요. 나는 내가 잘못 만들어져서 결함이 있는 수류탄처럼 여겨지는데요. 나는 폭발하지도 않을뿐더러 터지기 전에 '슈욱' 하는 소리조차 제대로 내지 못하는 걸요"라고 말할지도 모른다.

그래도 당신은 다이너마이트다. 능력은 항상 당신 안에 있다. 문제는 그 능력이 밖으로 표출되지 않을 때가 너무 많다는 것이다. 성령을 소유하고 있다는 것과 성령으로 충만하다는 것은 서로 다른 차원이다.

피지는 탄산음료를 만드는데 사용되는 작은 알약이

다. 그것은 일종의 알카셀처(발포정) 맛을 나게 하는 것이다. 물 한 컵에 그 알카셀처 한 정을 넣으면 그 맛이 물 전체에 스며든다. 만약 이 농축된 작은 알약이 녹지 않고 유리컵 밑바닥에 그대로 가라 앉아있으면 아무 소용이 없다. 이 알약은 녹아서 그 에너지를 유리컵 가득히 채워야 한다. 그리고 나면 그 물은 더 이상 물이 아니라 새로운 다른 것으로 바뀌게 된다. 만약 그 알약이 포도 피지라면 당신은 포도맛 탄산음료를 만들게 될 것이다. 그 알약이 어떤 맛을 가지고 있느냐가 그 물의 맛을 결정한다.

이것은 성령이 인간의 삶 속에 어떻게 역사하는지를 상상해볼 수 있게 해준다. 성령은 신령한 에너지를 담고 있는 강력하고 농축된 작은 알약으로서 항상 크리스천들 안에 내재해 있다. 문제는 당신이 그 성령의 능력을 표출해서 당신의 삶에 가득 퍼질 수 있게 할 수 있느냐는 것이다. 성령을 온전히 의지하지 않는 크리스천은 그리스도의 생명을 드러내지 못한다. 우리의 삶이 하나님을 드러내려면 하나님의 영이 우리의 삶에 녹아 들어가야 한다.

우리가 성령 충만 하지 않다면 우리는 아무것도 할 수 없다.

나에게는 장갑이 있는데 내가 만약 장갑에게 "피아노를 쳐라"고 말한다면 그 장갑이 어떻게 하겠는가? 아무 것도 하지 않을 것이다. 장갑은 피아노를 칠 수 없다. 그러나 만약 내가 손에 장갑을 끼고 피아노를 친다면 어떤 일이 일어나겠는가? 음악을 연주할 것이다. 만약 내가 손에 장갑을 낀다면 장갑은 움직일 수 있게 된다. 갑자기 장갑이 경건하게 되어 "오, 손이여 나에게 갈 길을 보여주소서"라고 말하는 일은 없다. 장갑은 아무 말도 하지 않는다. 그저 손이 가는 데로 갈 뿐이다. 성령으로 충만한 사람들은 하나님이 원하시는 것이 무엇인지 알아보려고 하면서 이런저런 말을 하고 다니거나 이런저런 시도를 하다가 넘어지거나 하지 않는다. 그들은 그냥 갈 뿐이다.

　사람들은 종종 "내게 어떤 영적인 은사가 있는지 어떻게 알 수가 있죠?"라고 묻는다. 가장 좋은 방법은 성령으로 충만한 삶을 살고, 당신을 통해서 하나님이 하시는 일을 보는 것이다. 그리고 난 뒤, 거쳐 온 길을 뒤돌아보면서 "오, 하나님이 나를 주장하실 때 내가 했던 것이 이런 것이구나. 그러니까 바로 그것이 내가 가진 은사인가 보네"라고 말하는 것이다. 이렇게 하는 데는 그다지 분석적이 될 필요도 없다. 핵심은 성령이 우리의 삶 전체에 녹아서 퍼지는 것이 필요하다는 것이다. 이것은 단순히 결단의 문제이다. 당신이 아침에 일어날 때 당신은 무엇을 입고 나갈 것인지를 결정한다. 그런 다음에는 아침식사로 무엇을 먹을 것인지를 결정한다. 나머지 일과도 그런 식으로 이어진다. 하나를 결정하고 나면 또 다른 것을 결정하는 식이다. 성령으로 충만한 삶은 모든 결정을 성령의 주관하심에 맡기는 것이다.

베드로의 경험

우리는 사도 베드로의 삶에서 이에 대한 설명을 볼 수 있다. 베드로가 예수님에게로 가까이 나아갔을 때 그는 놀라운 능력을 소유할 수 있었다. 따라서 베드로는 예수님과 함께 있기를 아주 좋아했다. 어느 날 제자들이 갈릴리 바다에서 배를 타고 가고 있었다(마 14:22~33). 그런데 갑자기 폭풍을 만나 어려움을 겪었고 그들은 가버나움으로 갈 수가 없었다. (갈릴리 바다의 바람은 갑자기 돌풍으로 바뀌어서 마치 소용돌이에 휘말린 것처럼 배가 바다 위에서 계속 원을 그리는 식으로 빙글빙글 돌게 만드는 경우가 자주 있다)

배에 타고 있던 사람들 중에 하나가 갑자기 바다 쪽을 보면서 말했다. "누군가 물 위로 걸어오고 있어!" 예수님은 겉옷을 바람에 휘날리며 거품을 일으키는 파도 위를 걸어오고 있었을 것이다.

베드로가 소리쳤다. "주님, 주님 맞죠?"

주님이 대답했다. "그래, 나다."

베드로가 말했다. "제가 주님 쪽으로 갈 수 있나요?"

당신은 베드로가 왜 그런 말을 했는지 이상하게 여겨질 것이다. 왜 그는 예수님이 배에 도착할 때까지 그냥 기다리지 않았을까? 그러나 그렇게 했다면 베드로답지 않은 것이다. 베드로는 속으로 '예수님이 저기 있고, 나는 여기 있어. 그러면 안 되지. 나는 반드시 예수님에게로 가야 해'라고 생각했을 것이다. 그는 자신이 상식적으로 물 위를 걸을 수 없다는 것을 전혀 생각하지 못했다. 그것은 그에게 문제조차 되지 않았다. 그가 예수님을 보는 순간 그에게는 그저 예수님과 함께 있고 싶다는 갈망만 가득했기 때문에 그렇게 했던 것이다.

그러나 베드로는 물결치는 파도 위로 걸어가다가 순간 발아래를 내려다보았고 '내가 지금 뭐하고 있지?'라는 생각이 들어왔다. 그 순간 그는 물속으로 가라앉기 시작했고 주님이 그를 붙잡아 주었다.

핵심은 베드로가 기적처럼 물 위를 걸을 수 있었던 때

는 그가 예수님께로 가까이 다가갔을 때라는 것이다.

그 일이 있고 얼마 후 예수님은 제자들에게 "사람들이 나를 누구라 하느냐?"라고 물었다. 제자들은 "어떤 사람들은 예수님을 예레미야라고 생각하고, 또 어떤 사람들은 엘리야라고 생각하기도 하며, 또 어떤 사람들은 옛 선지자 중에 한 명이라고 생각합니다"라고 대답했다. 그러자 예수님은 "너희는 나를 누구라 하느냐?"라고 물었다.

그때 베드로가 "주는 그리스도시요 살아 계신 하나님의 아들이시니이다"(마 16:16)라고 대답했다. 나는 베드로가 그 대답을 하고 난 후에 '도대체 내가 어떻게 그런 대답을 알게 된 거지?' 라며 이상하게 생각했을 것이라고 생각한다.

예수님은 "이를 네게 알게 한 이는 혈육이 아니요 하늘에 계신 내 아버지시니라"(마 16:13~17)고 말해주었다.

베드로는 아마도 "나도 그렇게 생각해요. 그건 내가 전혀 생각하지 못했던 그런 대답이었어요"라고 말했을 것이다. 베드로가 예수님에게 가까이 나아갔을 때 베드로는 기적을 행했을 뿐만 아니라 기적을 말하게 되었다. 왜 베드로가 예수님께 가까이 다가가고 싶어 했는지 거기에는 전혀 의심의 여지가 없지 않은가?

베드로는 예수님께 가까이 있을 때마다 기적 같은 용기를 얻었다. 베드로가 겟세마네 동산에 있을 때 5백 명에 달하는 군사들이 예수님을 체포하기 위해 왔었다. 그들은 중무장을 하고 있었다. 군사들 앞에는 대제사장들이 있었고 대제사장들 앞에는 제사장들의 하인들이 서 있었다. 베드로는 주님과 함께 있었다. 아마도 그는 이런 생각을 했을 것이다. '저들은 자기들이 예수님을 체포할 수 있다고 생각하고 있겠지. 아니야, 절대로 그렇게는 안 될걸.'

베드로는 예수님과 떨어지고 싶지 않다는 생각에 칼을 뽑아 들었다. 그는 가장 앞줄에 있는 자를 향해 칼을

휘둘렀다. 거기에 대제사장의 하인인 말고가 서있었다. 성경은 베드로가 말고의 귀를 잘랐다고 기록하고 있다. 그러나 내가 추측해볼 때 베드로가 혹시 그의 머리를 치려고 했던 것이 아닐까 하는 생각이 든다. 베드로는 거기에 서있는 로마 군사 전체와 맞서 싸울 준비가 되어 있었다. 당신이 알다시피 베드로는 예수님과 함께 있기만 하면 놀라운 용기가 솟아났다.

잠시 후 예수님은 가야바에게로 끌려갔고 베드로는 바깥뜰에 있었다. 그는 예수님에게서 멀어져 있었다. 용기 넘치던 베드로는 어떻게 행동했는가? 물 위를 걸었고, 위대한 신앙고백과 군대 앞에서도 놀라운 용기를 보여주었던 베드로가 아니었는가? 그러나 그가 예수님으로부터 멀리 떨어져 있을 때 그는 실패자가 되었다. 그는 그리스도를 세 번이나 부인했다. 예수님에게서 떨어져 있었을 때 그는 아무것도 아니었다.

베드로를 묻으려고 하는가?

예수님이 하늘로 승천하셔야 할 날이 다가왔다. 당신은 '오, 큰일 났군. 베드로가 예수님으로부터 100피트 (약 30m)밖에 떨어지지 않았을 때도 겁쟁이가 되어 버렸는데 예수님이 하늘로 승천하고 나면 도대체 어떻게 될까? 베드로도 예수님과 함께 땅에 묻혀야 하는 것 아니냐? 이제 보나마나 그는 쓸모없는 사람이 될 텐데!' 라고 생각할 것이다.

하지만 베드로는 그리스도께서 하늘로 승천한지 얼마 지나지 않아 그리스도의 원수들 앞에 서서 "유대인들과 예루살렘에 사는 모든 사람들아 이 일을 너희로 알게 할 것이니 내 말에 귀를 기울이라"(행 2:14)고 말한다.

아니, 이럴 수가! 베드로는 선지자 요엘의 말을 인용했을 뿐만 아니라 더 많은 것을 말했다. 베드로는 그들이 생명의 주를 죽이되 이방인의 손을 빌어 죽이고 하나님의 보내신 거룩한 자를 거부했다고 말하고 있다.

그리고 난 뒤 그는 열정에 사로잡혀 두려움 없이 일사천리로 복음을 전하며 그리스도를 선포하고 있다. 베드로가 어디서 그런 용기를 얻은 것인가?

우리는 사도행전 3장에서 베드로에 관해서 또 볼 수 있다. 어느 날 베드로와 요한이 성전 미문에 들어가고 있었다. 그 문 앞에는 40년 동안 그곳에서 구걸을 하는 앉은뱅이 거지가 있었다. 베드로는 그에게 "우리를 보시오!"라고 말했다. 그러자 그 남자는 베드로와 요한을 바라보았다. 그때 베드로는 그에게 말했다. "은과 금은 내게 없거니와 내게 있는 이것을 네게 주노니 나사렛 예수 그리스도의 이름으로 일어나 걸으라"(행 3:6) 앉은뱅이는 곧 일어났고 절뚝거리기 시작하다가 마침내는 걷고 뛰며 하나님을 찬양했다. 베드로는 그에게 기적을 말했을 뿐만 아니라 기적을 행하기까지 했다.

사도행전 4장에 보면 베드로가 핍박을 받는 내용이 나온다. 그때 베드로는 놀라운 용기를 보여준다. 그것은 그가 겟세마네 동산에서 보여주었던 것과 같은 그런 용기였다. 당신은 "도대체 이해할 수가 없네요. 베드로는 예수님이 가까이 있을 때만 그런 용기를 보여주었는데, 이제 예수님이 하늘나라로 올라가셨는데 어떻게 그가 또 다시 그런 용기를 가질 수 있었을까요? 도대체 무슨 일이 일어난 거죠?"라고 속으로 말할 것이다. 사도행전 2장 4절은 우리에게 이에 대한 비밀을 말해주고 있다. 베드로가 이런 놀라운 일들을 행하기에 앞서 먼저 그는 "성령으로 충만해지는 경험을 하였다"(행 2:4).

이제 결론을 말해보겠다. 베드로가 성령으로 충만해졌을 때 그는 예수 그리스도와 가까이 있을 때와 동일한 능력을 소유하게 되었던 것이다. 이제 여기서 정말 흥미로운 내용을 다루어 보자. 당신은 성령으로 충만한 삶이 어떤 것인지 아는가? 그것은 마치 당신이 살아 계신 예수 그리스도와 함께 있는 것처럼 인생의 매순간을 그렇게 사는 것이다. 그다지 이해하기 힘든 말은 아니다. 그렇지 않은가? 혹자는 내가 성령과 그리스도를 구분시킴으로써 문제를 복잡하게 만든다고 생각할지도 모르겠다. 그러나 바울은 성령을 무엇이라고 불렀는가? "그리스도의 영"(롬 8:9)이라고 불렀다. 예수님은 예수님이 떠나고 나면 또 다른 보혜사를 보내겠다고 하셨다 (요 14:16). 그리스어로 '또 다른'이라는 의미로 사용되는 말에는 두 가지가 있다. 하나는 'heteros'이고 또 하나는 'allos'이다. 'heteros'는 다른 종류로서 또 다른 하나를 의미하고, 'allos'는 같은 종류로서 또 다른 하나를 의미한다.

여기에 내 성경책이 있다고 가정해 보자. 만약 내가 당신에게 "나에게 heteros biblos을 주십시오"라고 말한다면 당신은 나에게 아무 책이나 한 권 주면 된다. 그러나 내가 "allos biblos를 주십시오"라고 말한다면, 당신은 내가 내 성경책과 똑같은, 다시 말하면 책에 글로 표시해놓은 것들이나, 꾸겨지거나 흠이 있는 것까지 정확히 똑같은 또 다른 성경책을 줘야 한다. 그것이 바로

allos가 의미하는 것이다. 예수님이 "또 다른 보혜사를 너희에게 주사"라고 말했을 때 그때 사용하신 allos는 정확히 예수님과 똑같은 또 다른 보혜사라는 뜻으로 말한 것이다. 성령으로 충만한 삶이란 내주하시는 그리스도의 임재를 의식하면서 살아가는 것, 바로 그것이다.

우리는 성령 충만한 삶에 대해 제대로 알지 못하는 경향이 있다. 바울은 우리에게 술 취하지 말고 오직 성령에 취하라고 말하고 있다. 우리는 포도주의 영향 아래 있기보다 성령의 주관하심 아래 있어야 한다(엡 5:18).

성령으로 충만한 삶은 어떤 식으로 나타나는가? 에베소서 5장 19~20절에 보면, "시와 찬송과 신령한 노래들로 서로 화답하며 너희의 마음으로 주께 노래하며 찬송하며 범사에 우리 주 예수 그리스도의 이름으로 항상 아버지 하나님께 감사하며"라고 바울은 말하고 있다. 그리고 그 아래의 구절들을 보면 바울은 성령으로 충만한 사람들의 라이프스타일에 대해 자세히 언급하고 있다. 아내는 남편에게 순종하며, 남편은 아내를 사랑하고, 아버지는 자녀들에게 노하지 말고, 자녀들은 부모에게 순종하며, 하인들은 성실히 일하고 또 주인들은 공의롭게 행해야 할 것이라고 말하고 있다. 이것이 성령 충만한 사람들이 살아야 하는 모습이다(엡 5:22~6:9).

말씀으로 충만하라

흥미로운 것은 골로새서 3장에도 시와 찬송, 신령한 노래, 아내의 순종, 남편의 사랑, 자녀들의 순종, 부모들은 노하지 말아야 할 것, 종들과 상전들의 행할 것들에 대한 말들이 동일하게 나와 있다는 것이다. 바울이 성령으로 충만한 삶을 이렇게 표현한 것이 이곳만은 아니다. 바울은 그것이 "그리스도의 말씀이 너희 속에 풍성히 거함"(골 3:16)으로 말미암은 결과라고 말하고 있다.

성령으로 충만한 삶이 어떤 것인지 알겠는가? 그것은

하나님의 말씀, 그의 인격과 더불어 그리스도 안에 있는 모든 것들로 흠뻑 젖어있는 상태이다.

당신은 "나는 그렇게 되고 싶어요. 나는 그리스도로 흠뻑 젖어있고 싶어요. 어떻게 하면 그렇게 할 수 있죠?"라고 말할지도 모른다.

그렇게 할 수 있는 유일한 길은 하나님에 대해 모든 것을 알려주는 책인 성경을 공부하는 것이다.

당신은 "나도 성경책을 읽어보려고 여러 번 시도해봤어요. 그런데 뭐가 뭔지 모르겠더라고요"라고 말할 것이다.

내가 성경을 어떻게 공부했는지, 그리고 성경이 어떻게 내게 살아있는 말씀으로 다가왔는지에 대해 말해보겠다. 나는 요한일서부터 읽기 시작했다. 어느 날 나는 요한일서의 다섯 장을 한 자리에 앉아 처음부터 끝까지 다 읽었다. 그렇게 하는데 20분이 걸렸다. 골로새서 전체를 한 번에 읽는 것은 아주 놀라운 경험이었다. (성경을 구성하는 66권의 각 책들은 한 마디 한 마디의 개별

적인 성경구절들을 그냥 모아놓은 것들이 아니다. 거기에는 전반적인 흐름이 있고 전후관계가 있다)

다음 날, 나는 요한일서를 다시 처음부터 끝까지 읽었다. 세 번째 날도 나는 또 다시 요한일서를 처음부터 끝까지 읽었다. 네 번째 날도 그렇게 했다. 다섯 번째 날도 그렇게 했다. 나는 30일 동안 그렇게 하기를 반복했다. 30일째가 되었을 때 무슨 일이 일어났을까? 나는 요한일서 전체 내용을 꿰게 되었다.

당신이 요한일서를 그런 식으로 꿰고 나면, 어떤 사람이 당신에게 "성경 어디에 죄 고백에 대한 말이 나와 있죠?"라고 물어볼 때 당신은 요한일서 1장 오른쪽 중간쯤(당신이 어떤 성경책을 사용하느냐에 따라 다를 수 있음)을 떠올리게 될 것이다. 또한 "세상을 사랑하지 말라는 말이 어디에 나와 있죠?"라고 물으면 2장 오른쪽 중간을 떠올리게 될 것이다. "죄의 대가가 사망이라는 말이 성경 어디에 나와 있죠?"라고 물으면 5장, 즉 요한일서 마지막 쪽을 떠올리게 될 것이다. 당신은 이제 요한일서를 꿰게 된 것이다.

나는 요한일서를 마친 후 요한복음을 읽기 시작했다. 나는 요한복음을 세 부분으로 나누었는데 각 부분에 장이 일곱 개씩 들어가도록 했다. 나는 첫 30일 동안 첫 번째 일곱 개 장들을 읽었다. 그리고 다음 30일 동안 두 번째 일곱 개 장들을 읽었다. 그리고 그 다음 30일 동안 마지막 일곱 개 장들을 읽었다. 선한목자에 대한 말은 어디에 나오는가? 10장 오른쪽 중간 부분에서 시작되어서 한 장을 넘기면 그 다음 쪽에 몇 줄이 더 계속 된다.

포도나무와 가지의 비유는 어디에 나오는가? 15장이다. 예수님의 친구들에 관한 것은 어디에 나오는가? 15장에서 왼쪽 다음 문단으로 넘어가서 약간 더 내려가면 거기에 있다. 겟세마네 동산에서 예수님이 체포되는 장면은 어디에 나오는가? 요한복음 18장이다. 베드로가 심령을 회복하는 것에 대한 이야기는 어디에 나오는가? 요한복음 21장에 나온다. 우물가의 여인에 대한 이야기는 어디에 나오는가? 4장에 나온다. 생명의 떡이신 예수님에 대한 이야기는 어디에 나오는가? 요한복음 6장에 나온다. 니고데모에 대한 이야기는 어디에 나오는가? 요한복음 3장에 나온다. 가나의 혼인잔치에 대한 이야기는 어디에 나오는가? 요한복음 2장에 나온다.

당신은 "세상에, 당신, 정말 대단하시군요!"라고 말할지도 모르겠다. 그러나 그렇지 않다. 나는 대단하지도 똑똑하지도 않다. 나는 그 부분을 30번이나 읽었다. 그리고 또 그 부분을 읽을 것이다. 이사야는 "대저 경계에 경계를 더하며 경계에 경계를 더하며 교훈에 교훈을 더하며 교훈에 교훈을 더하되 여기서도 조금, 저기서도 조금 하는구나 하는도다(사 28:10~13)라고 말했다. 그렇게 하고 나면 당신은 그 성경의 내용들을 마음 깊이 새길 수 있게 된다. 그리고 그 후 한 동안은 성경 어디에 뭐가 있는지를 몰라 허둥대는 일은 없을 것이다.

의도된 무관심

당신이 하나님의 말씀을 더 깊이 공부하면 할수록 당신의 마음과 삶은 말씀에 점점 더 젖게 된다. 뉴욕 카네기 홀에서 연주를 하는 어떤 유명한 바이올린 연주자가 어떻게 그렇게 바이올린 연주를 잘하게 되었는지에 대해 말했다고 한다. 그녀는 그 비결이 "의도된 무관심"이라고 말했다. 그녀는 자기의 목표와 상관이 없는 것들에 대해서는 무관심하기로 작정했다고 한다. 당신은 당신의 삶에서 좀 덜 중요한 것들을 따로 분류해야 한다. 그리고 그것들을 의도된 무관심 거리들로 여겨야 한다. 그렇게 해서 하나님의 말씀을 공부하는데 당신 자신을 온전히 드릴 수 있도록 해야 한다. 그러면 어떤 일이 일어나는지 아는가? 당신이 하나님의 말씀을 공부하면 할수록 당신의 마음은 점점 더 그것에 젖어들게 된다. 그리스도를 묵상하는 것이 더 이상 당신에게 그리 힘든 일로 여겨지지 않게 된다. 당신은 그리스도를 계속 생각하지 않을 수 없게 될 것이다.

성령으로 충만한 것은 그리스도를 의식하며 살아가는 것이며 거기에 지름길이란 따로 없다. 당신이 마음만 먹는다고 해서 바로 그리스도를 의식하는 삶으로 몰입하며 살 수는 없다. 당신이 그리스도에 대한 생각에 젖어 살 수 있는 유일한 길은 그리스도에 대한 기록들로 가득한 성경책에 젖어드는 것이다. 하나님의 뜻은 당신이 구원을 받을 뿐만 아니라 성령 충만한 삶을 사는 것이다.

Chapter . 04

순결하라!

God's Will

"하나님이 우리를 부르심은
부정하게 하심이 아니요 거룩하게 하심이니" (살전 4:7)
즉, 하나님의 뜻은 우리를 순결하게 하고,
거룩하게 하고, 성화시키는 것이다.

순결하라!

"하나님의 뜻은 이것이니 너희의 거룩함이라"(살전 4:3~7) 오랫동안 하나님의 뜻을 찾고 갈구해오던 사람들에게는, 이것은 너무나 당연한 것이다. 하나님은 모든 믿는 자들이 거룩하게 되기를 간절히 바라신다. "거룩하게 된다"는 것은 무엇을 뜻하는가? 거룩함이란 말 대신에 순결이라는 말을 써보자. 바울은 데살로니가 말씀에서 실제적인 순결에 대해 말하고 있으며 네 가지 원리들을 제시하고 있다.

간음을 끊으라

성적인 죄를 멀리하라. 이 말은 성 자체를 피하라는 말이 아니다. 성적인 죄를 멀리하라는 것이다. 이 말은 잘못된 성적인 행동을 하지 말아야 한다는 뜻이다. 또한 그러한 것들로부터 자기 자신을 지켜야 한다는 것이다. 성적인 죄 짓기를 원하지 않는 크리스천들 중에는 다른 사람들이 그런 행동을 하는 것을 보거나 또는 책에서 성관계 하는 것을 보는 것은 괜찮다고 생각하며 또는 그런 것을 오락처럼 여기는 사람들이 있다. 그러나 우리는 그런 것들에 전혀 관계하지 말아야 한다.

내가 부끄러움 많은 새님이라서 이렇게 말하는 것이 아니다. 그보다 나는 성이 성스러운 것이라고 생각한다. 하나님이 성을 만드셨기 때문이다. 만약 하나님이 성을 만드셨다면 분명 그것은 선한 것이다. 하나님은 아름다운 부부관계를 위해 성을 만드셨지 그 외에 다른 의도는 전혀 없었다. 사람이 하나님을 속일 수 있다고 생각하고 부인 또는 남편이 아닌 다른 사람과 성관계를 하는 것은 악마의 거짓말을 믿는 것이다.

성적인 부정에 빠져서 사는 젊은 청년이 (또는 다른 누구라도) "하나님, 나에게 당신의 뜻을 보여주십시오" 라고 말하는 것은 어처구니없는 일이 아닐 수 없다. 그런 사람은 성경이 하나님의 뜻이라고 분명하게 보여주고 있는 것도 행하지 않고 있는데, 왜 하나님이 그런 사람에게 깊은 하나님의 뜻을 더 보여 주시겠는가?

성적인 부도덕을 멀리하라. 그것은 간단한 원리이다. 사람들 중에는 "얼마나 멀리해야 하는데요?"라고 묻는 이들이 분명히 있을 것이다. 순결할 수 있을 만큼 멀리하라. 거룩하게 되라. 삶을 거룩히 구분하여 하나님께 바치라.

내가 지금 당신에게 사랑하는 사람과 손을 잡아서는 안된다고 말하는 것인가? 그런 뜻이 아니다. 내가 지금

당신에게 키스를 해서는 안된다고 말하는 것인가? 그것
역시 아니다. 성경은 "모든 것이 내게 가하나 다 유익한
것이 아니요 모든 것이 내게 가하나 내가 무엇에든지
얽매이지 아니하리라"(고전 6:12)고 말한다. 그러므로
무엇을 하든지 하나님의 영광을 위해서 할 때 당신은
하나님의 축복을 받을 수 있다. 당신이 육욕에 사로잡
히면 넘지 말아야 할 선을 넘게 된다. 이것은 아주 간단
한 원리이다.

몸을 다스리라

　실제적인 순결에 관한 두 번째 원리는 데살로니가전
서 4장 4절에서 볼 수 있다. "각각 거룩함과 존귀함으
로 자기의 아내 대할 줄을 알고" 여기서 '아내'란 말은
영어성경에 'vessel'로 나와 있는데, 'vessel'은 그리스
어로 두 가지 의미로 해석될 수 있다. 하나는 '아내'라
는 뜻이고 또 다른 하나는 '몸'이라는 뜻이다. 나는 이

말씀의 전후 배경으로 보아 여기서는 '몸'을 의미한다고 생각한다. 바울이 말하려고 하는 것은 우리가 몸을 잘 다스려야 한다는 것이다. 그것이 순결이다.

우리는 우리의 몸을 잘 지킴으로서 하나님을 영화롭게 해야 한다. 거기에는 옷을 적절하게 입는 것과 우리의 몸으로 하는 여러 가지 것들이 다 포함된다. 이 원리는 단순히 성적인 것들에만 해당되는 것이 아니라 육욕과 관련된 모든 영역에 해당된다. 다른 사람들의 시선을 사로잡기 위해 옷을 지나치게 눈에 띄게 입음으로써 하나님의 영광을 가릴 수 있다. 탐식 또한 하나님을 영화롭지 못하게 할 수 있으며 죄가 될 수 있다. 그 이유는 탐식은 음식에 대한 탐욕을 절제하지 못하는 것이기 때문이다. 하나님의 영광을 가리고 육체를 즐겁게 하는 것 중에 하나님의 뜻이라고 볼 수 있는 것은 아무것도 없다.

욕망을 절제하라

크리스천은 "하나님을 모르는 이방인(이교도들)과 같이 색욕(성적인 것들과 관련된 악한 욕망)을 좇아 살아서는 안된다"(살전 4:5). 바울이 무슨 말을 하고 있는가? 세상이 행하는 것을 그대로 따라하지 말라는 것이다. 그들은 자기들의 욕망에 이끌려 살고 있다.

언젠가 16살 된 소녀가 눈물을 흘리며 나를 찾아왔다. 그녀는 "존, 난 더 이상 견딜 수가 없어요. 자살하고 싶은 심정이에요"라고 말했다. 내가 그녀에게 이유를 묻자 그녀는 "나는 13살 때부터 지금까지 여러 명의 남자애들과 관계를 맺었어요. 이제는 거울 속에 비친 내 모습이 꼴도 보기 싫어요"라고 말했다. 나와 그 여자 아이는 함께 자리에 앉아 하나님의 사랑과 완전한 용서에 대해 대화를 나누었다. 그리고 그 여자아이는 예수님을 심령에 영접했다. 그녀는 눈물에 젖은 눈을 반짝거리면서 "뭔가 느껴져요. 내가 용서받았다는 것을 느낄 수 있을 것 같아요"라고 말했다. 나는 그녀가 용서받았다는 것을 더욱 확신할 수 있도록 도와주었다. 그녀는 그 후로 다시는 시궁창 같은 삶을 살지 않았고 위엣 것을 사모하는 삶을 살았다.

기독교 신앙은 당신을 시궁창에서 건져내고 당신을 높여준다. 그것이 기독교 신앙이 가진 아주 놀라운 점이다. 중심을 지키라! 믿지 않는 자들처럼 행하지 말라.

공의로 대하라

"분수를 넘어서 형제를 해하지 말라"(살전 4:6) 다른 말로하면 사람들을 이용하려고 하지 말라는 것이다.

어떤 사람들은 자기가 원하는 것을 얻기 위해서라면 타인에게 해를 끼치는 것도 서슴지 않는다. 어떤 사람들은 자기들의 정욕을 채우기 위해 타인을 성적인 노리개로 삼는다. 또 어떤 사람들은 타인을 사업적으로 이용해 먹는다. 다른 사람들을 이용해 먹는 데는 여러 가지 방법이 있다. 그러나 그렇게 하지 말라. "이 모든 일에 주께서 신원하여 주시기 때문이다."

당신은 "나는 그런 잔소리 같은 규칙들이 싫어요. 하나님은 너무 속이 좁으신 것 같아요"라고 말할지도 모르겠다. 그렇다면 당신에게는 8절 말씀이 필요하다. "그러므로 저버리는 자는 사람을 저버림이 아니요 너희에게 그의 성령을 주신 하나님을 저버림이니라" 만약 당신이 사람들을 함부로 대한다면, 당신은 사실 하나님을 함부로 대하는 것이며 하나님을 멸시하는 것이다.

바울은 7절에서 우리가 지금까지 다룬 것을 요약해 주고 있다. "하나님이 우리를 부르심은 부정하게 하심이 아니요 거룩하게 하심이니" 하나님의 부르심, 즉 하나님의 뜻은 우리를 순결하게 하고, 거룩하게 하고, 성화시키는 것이다.

1860년에 댄 에드워즈(Dan Edwards)가 청년이었을 때 로버트 머레이 맥체인(Robert Murray

McCheyne)이 에드워즈의 목사 안수식에서 설교를 한 적이 있었는데, 그는 거기서 이렇게 말했다. "에드워즈… 속사람, 즉 마음을 지키는 것을 잊지 마세요. 기병 장교는 자기의 목숨이 자기의 칼에 달려 있다는 것을 알고 있기 때문에 칼을 깨끗하게 잘 관리합니다. 기병 장교는 칼에 묻어있는 모든 얼룩들을 꼼꼼하게 닦아 냅니다. 에드워즈, 당신은 하나님이 선택하신 무기입니다. 당신의 성공은 당신의 순결에 달려 있습니다. 하나님이 사용하시는 것은 탁월한 재능도, 그럴싸한 아이디어도 아닙니다. 그것은 예수 그리스도를 닮은 성품입니다. 에드워즈, 경건한 사람은 하나님의 손 안에 있는 무기와 같습니다."(딤후 2:21을 보라)

맥체인의 말이 맞다. 하나님의 뜻은 당신이 거룩하게 되고 성화되는 것이다.

Chapter . 05

세상에서 순종하라!

God's Will

God's Will . 05

순종은 사회에서 선량한 시민이 되는데 필요한 것이다.

우리는 누구에게 다가가야 하는가?

세상이다. 세상 사람들이다.

만약 우리가 세상에서 본이 되지 못한다면

우리가 그리스도에 대해 증거하는 것은 영향력을 잃게 될 것이다.

세상에서 순종하라!

자기의 인생을 향한 하나님의 뜻을 간절히 알고 싶어 하는 젊은 청년을 머릿속에 상상해 보라. 그는 아주 헌신되어 있어서 선교사라도 기꺼이 되려고 한다. 그것은 어떤 사람들의 눈에는 아주 희생적으로 보일 수도 있다.

그러나 이 젊은 청년은 헌신된 마음에도 불구하고 좀 문제가 있는 사람이었다. 그는 고집불통인 데가 있었다. 그는 자기 위에 권세를 가진 사람들과 항상 자주 부딪혔다. 물론, 그가 상사에게 반항하는 데는 나름대로의 이유가 있었다. 최소한 자기가 생각할 때는 그랬다.

하나님의 뜻을 알고 싶어 하는 그 청년은 마침내 자기의 문제를 나이 많고 지혜로운 어느 목사에게 의논했다. "나는 하나님이 내가 선교사가 되기를 바란다고 생각합니다. 그런데 하나님이 내가 국내 선교사가 되기를 원하는지, 아니면 해외 선교사가 되기를 원하는지에 대해서는 아직 확신이 없습니다"라고 말했다.

그 목사는 청년을 쳐다보면서 "젊은 친구, 우선 자네가 되어야 할 것은 선교사가 아니라 선교사 후보(submissionary)라네. 자네는 순종(submission)이 무슨 뜻인지를 배워야 할 필요가 있어"라고 말했다.

순종이라는 말은 실천하기 어려운 말일 수도 있다. 그러나 순종을 배워야 하는 것은 사실이다. 사도 베드로는 "인간의 모든 제도를 주를 위하여 순종하되 혹은 위에 있는 왕이나 혹은 그가 악행하는 자를 징벌하고 선행하는 자를 포상하기 위하여 보낸 총독에게 하라 곧 선행으로 어리석은 사람들의 무식한 말을 막으시는 것 이라"(벧전 2:13~15)고 말했다.

당신이 따라야 할 하나님의 뜻은 무엇인가? 그것은 순종이다. 하나님은 어떤 순종을 원하시는가? 성경은 부모에게 순종하는 것, 다른 믿는 자들에게 순종하는 것을 포함하여 순종에 대해 몇 가지로 개요를 말해주고 있다. 특히, 여기서 베드로가 말하는 순종은 사회에서 선량한 시민이 되는데 필요한 순종이다.

우리는 누구에게 다가가야 하는가? 세상이다. 세상 사람들이다. 만약 우리가 세상에서 본이 되지 못한다면 우리가 그리스도에 대해 증거하는 것은 영향력을 잃게 될 것이다. 하나님은 우리에게 권위에 순종하라고 명령할 뿐만 아니라 그 이유까지도 분명하게 말해주셨다. "곧 선행으로 어리석은 사람들의 무식한 말을 막으시는 것이라"(벧전 2:15)

그리스도를 비판하는 자들이 크리스천들에게서 무엇을 찾아내려고 하는지 당신은 아는가? 허물을 찾으려고 한다. 그러면 우리는 어떻게 그들에게 허물을 보이지 않을 수 있을까? 허물을 제하라. 우리는 어리석은 자들의 무식한 말을 막아야 할 필요가 있다.

　그러면 당신은 어떻게 사람들의 비판을 막을 것인가? 본이 되는 삶을 삶으로써 그렇게 할 수 있다. 그것이 베드로가 말하려는 핵심이다. 크리스천은 혁명가들이 아니다. 만약 크리스천이 사회에서 어떤 변화를 이루려고 하는데 법의 제약을 받게 된다면 크리스천은 그 법을 따라야 한다. 크리스천은 성실히 일해야 한다. 크리스천은 할 수 있는 한 성실하고 좋은 사람이 되려고 해야 하며, 할 수 있는 한 사회에 공헌을 하려고 하되 법의 테두리 안에서 해야 한다.

　크리스천은 자유를 남용해서는 안된다. 또한 자유로 악과 나쁜 것을 가리기 위해 사용하지 말아야 한다(벧전 2:16).

어떤 사람들 중에는 "나는 그런 제제를 신뢰하지 않아요. 하나님은 그런 것이 잘못된 것이라고 내 마음에 말해주셨어요. 그렇기 때문에 나는 법이나 규칙을 따르지 않을 거예요"라고 말하는 이들이 분명히 있을 것이다.

잠깐만 기다려 보라! 성경은 소위 자유라는 허울아래 악을 행하지 말라고 말하고 있다. 하나님은 "뭇사람을 공경하며 형제를 사랑하며 하나님을 두려워하며 왕을 존대하라"(벧전 2:17)고 말한다.

만약 당신이 누구에게 고용되어 있다면 "범사에 두려워함으로 상관들에게 순복하라"(벧전 2:18). 당신은 "우리 상관이 어떤 사람인지 몰라서 그래요!"라고 반박할지도 모르겠다. 그러나 성경은 이렇게 말하고 있다. "선하고 관용하는 자들에게만 아니라 또한 까다로운 자들에게도 그리하라." 여기서 '까다로운'으로 번역된 말의 영어 표현은 'froward'이다. 그것은 "성질이 고약한"이라는 뜻이다. 당신의 상관은 고약한 사람인가? 그렇다면 당신은 어떻게 해야 하는가? 사랑하는 마음으로 그에게 기꺼이 순종하라.

세상을 놀라게 하라

나는 만약 크리스천들이 베드로가 말한 것 같은 그런 종류의 삶을 살기를 배운다면, 세상을 깜짝 놀라게 할 수 있을 것이라고 생각할 때가 한두 번이 아니다. 그러나 세상은 불행히도 우리에게서 세상과 다른 점을 찾을 수 없을 때가 많다. 사도 바울은 크리스천으로서 비크리스천인 고용주들을 위해 일하는 우리들에게 눈가림을 하듯 하지 말고 성실하게 일하고, 그것이 크리스천들이 지키는 규범임을 보이라고 말한다(엡 6:5~8을 보라).

만약 당신이 특정한 나라의 국민, 또는 시민이라면 그 나라의 법에 순종함으로써 다른 사람들이 당신의 믿음이 진실한 것이고, 그 믿음이 당신의 삶의 모든 영역에

까지 퍼져있다는 것을 볼 수 있도록 해줘야 한다. 나는 자동차 뒤에 기독교와 관련된 범퍼스티커를 붙이고는 도로 위를 광적으로 요리조리 질주하는 사람들을 보면 항상 마음이 편치가 못하다.

선한 시민 정신의 원리는 바울이 집사를 세울 때 책망할 것이 없는 자를 선택하라고 했던 말에서 더 분명하게 볼 수 있다(딤전 3:10을 보라).

당신은 "그렇다면 내가 모든 법을 다 지켜야 하는 건가요?"라고 질문할 수도 있다. 물론이다. 모든 법을 다 지켜야 한다. 당신이 그 법에 동의하지 않더라도 순종하라. 그러나 만약 악법을 고치기 위해 정치적으로 접근할 수 있는 좋은 방법이 있다면, 그렇게 하는 것은 바람직하다. 그러나 법이 고쳐지기 전까지는 그 법에 순종하라.

만약 그 법들이 하나님의 분명한 명령과 말씀을 거스르는 것이라면 어떻게 할 것인가? 그렇다면 그 법들에 순종하지 말라. 그것은 유대인 지도자들이 베드로와 요한을 감옥에 가두었을 때와 같은 상황이다. 그들은 예수 그리스도의 이름으로 더 이상 아무것도 전파하지 말라고 베드로와 요한을 위협했다. 그러나 베드로와 요한은 "하나님 앞에서 너희의 말을 듣는 것이 하나님의 말씀을 듣는 것보다 옳은가 판단하라"(행 4:18~20)고 말했고, 그들은 바로 나가 다시 복음을 전했다.

믿는 자가 법을 어기는 유일한 때는 법이 하나님이 직접 명령하신 것을 순종하지 못하도록 방해하거나 또는 하나님이 금지하신 것을 하도록 할 때이다.

내가 지금 말하려고 하는 것이 무엇인가? 그것은 하나님은 우리가 세상이 인정하는 그런 종류의 국민 또는 시민이 되기를 바라신다는 것이다. 우리는 뭔가 달라야 한다. 우리는 소금과 빛의 특징을 가지고 있어야 한다(마 5:13~16). 그런 삶에는 성경이 분명하게 명하는 순종이 반드시 따라야 한다.

Chapter . 06

고난을 받으라!

God' s Will

God's Will . 06

당신은 당신을 위해 고난 받으신
그분을 위해 기꺼이 고난을 받을 수 있는가?
당신은 기꺼이 세상과 마주할 수 있는가?
그것은 하나님의 뜻이다.
"그리스도를 위하여 너희에게 은혜를 주신 것은 다만 그를 믿을 뿐 아니라
또한 그를 위하여 고난도 받게 하려하심이라"(빌 1:29)

고난을 받으라!

예수님을 따르려고 하는 사람들 중에 많은 사람들이 위대하게 되려는 꿈을 가지고 예수님에게로 나아온다. 예수님은 누가 더 크냐 하는 문제를 두고 서로 다투는 제자들을 꾸짖으시고 진정한 위대성은 다른 사람들을 섬기는 것이라고 말씀하셨다(막 9:33~35). 그러나 그 때 예수님은 책망만 하신 것이 아니라 위대해지고자 하는 제자들의 열망을 격려도 해주셨다. "나를 따르는 너

희도 열두 보좌에 앉아 이스라엘 열두 지파를 심판하리라"(마 19:28)

그러나 하나님의 뜻 안에서 위대해지려면 먼저 고난을 받아야 한다. 많은 고난을 받고 난 후에야 위대해 질 수 있다. 만약 사람이 예수님처럼 위대해지고자 한다면 먼저 고난을 받아야 한다는 것을 염두에 두는 것이 좋을 것이다. 그렇지 않을 경우 얼마 지나지 않아 하나님의 뜻에 별 호감을 느끼지 못하게 될 것이다.

성경에 보면 어떤 사람이 예수님에게 나아와서 주님의 뜻을 받들고 싶다고 말했다. "어디로 가시든지 저는 좇으리이다." 이때 예수님은 "여우도 굴이 있고 공중의 새도 집이 있으되 인자는 머리 둘 곳이 없도다"(눅 9:57~58)라고 대답하셨다. 예수님은 하나님의 뜻대로 살려면 고난이 따른다는 것을 그 사람이 알기를 바라셨다.

사도 베드로는 "모든 은혜의 하나님 곧 그리스도 안에서 너희를 부르사 자기의 영원한 영광에 들어가게 하신 이가 잠깐 고난을 당한 너희를 친히 온전케 하시며…"(벧전 5:10)라고 말했다. 고난은 크리스천들이라면 누구나 겪는 것이다.

그렇기 때문에 베드로는 또한 "하나님의 뜻대로 고난을 받는 자들은"(벧전 4:19)이라는 말을 했다.

혹자는 "내가 고난을 당해야 한다고요? 나는 이미 고난을 받고 있어요. 나는 십자가를 충분히 지고 있다고요. 나의 부모님이 바로 나의 십자가예요." 또는 "나의 남편/아내가 나의 십자가예요." 또는 "나의 시어머니가 나의 십자가예요"라고 말할지도 모르겠다.

그러나 베드로가 말하려고 하는 것은 그런 종류의 고난이 아니다. 그는 "선을 행함으로 고난 받는 것이 하나님의 뜻일진대 악을 행함으로 고난 받는 것보다 나으니라"(벧전 3:17)고 기록했다. 우리는 우리가 올바로 살지 않아서 고생을 자초하는 그런 이유로 고난을 받아서는 안된다. 우리는 서로 반목하거나, 불평불만거나, 상처를 주는 것 때문에 고난을 당해서는 안된다.

베드로는 고난을 받을 때 "오직 그리스도의 고난에 참여하는 것으로 즐거워하라"(벧전 4:13)고 말했다. 당신은 고난에 대해 즐거워해야 한다. "너희가 그리스도의 이름으로 치욕을 당하면 복 있는 자로다 영광의 영 곧 하나님의 영이 너희 위에 계심이라 너희 중에 누구든지 살인이나 도적질이나 악행이나 남의 일을 간섭하는 자로 고난을 받지 말려니와"(벧전 4:14~15)

이어서 베드로는 "만일 그리스도인으로 고난을 받으면…"(벧전 4:16)이라고 말한다. 베드로가 무슨 말을 하고 있는지 당신은 이해가 가는가? 고난이 모든 크리스천들에게 주어진 과정이라는 것이다. 그것이 이해가 가는가? 만약 당신이 불신 세상에서 신앙생활을 제대로 하고 있는 크리스천이라면 당신은 고난을 받아야 마땅하다.

사도 바울은 "무릇 그리스도 예수 안에서 경건하게 살고자 하는 자는 박해를 받으리라"(딤후 3:12)고 말했다.

어쩌면 당신은 "나는 전혀 핍박을 받고 있지 않는데

요"라고 말할지도 모르겠다. 그렇다면 아마도 당신은 세상이 보기에 제대로 신앙생활을 하고 있지 않은 사람일 수도 있다. 그러나 만약 당신이 고난을 받고 있다면 그것은 정말 대단한 일이다. 영광의 영 곧 하나님의 영이 당신 위에 임하고 있기 때문이다(벧전 4:14).

전도는 부흥사나 설교자들만 하는 것이 아니다. 그것은 바로 당신이 해야 할 일이다. 그것은 가는 곳곳마다 단순히 복음을 퍼트리는 것만으로 완수할 수 있는 일이 아니다. 그렇게 하는 것도 바람직하기는 하지만 말이다. 전도에는 불신 세상이 보는 앞에서 경건한 삶을 사는 것까지 포함된다. 그리고 거기에는 핍박이 따라오게 마련이다. 그 이유는 세상은 예수님을 좋아하지 않기 때문이다.

덤불 속에서 빠져나왔는가?

바울이 말한 빌립보서 1장 29절을 깊이 묵상해 보라.

"그리스도를 위하여 너희에게 은혜를 주신 것은 다만 그를 믿을 뿐 아니라 또한 그를 위하여 고난도 받게 하려하심이라" 정말 충격적인 것이 있다. 그것은 고난과 믿음이 서로 긴밀히 연결되어 있다는 것이다. 성경은 전혀 고난 받지 않는 사람을 크리스천으로 보지 않는다. 그 이유는 세상에서 신앙생활을 제대로 하는 사람이라면 누구든지 세상이 퍼붓는 비난을 받게 되기 때문이다. 만약 당신이 인생을 아주 편안하게 왈츠를 추듯이 살고 있다면 그것은 당신이 신앙생활을 제대로 하고 있지 않거나, 아니면 불신 세상이 볼 수 없도록 덤불 속이나 밀실 속에서 신앙생활을 하고 있다는 것이다.

성경은 불신 세상 속에서 어떻게 우리가 성공적으로 신앙생활을 할 수 있는지를 보여주고 있다. 사도행전 4장에는 어떻게 베드로가 이스라엘의 지도자들에게 폭탄과 같은 설교를 퍼부었는지를 보여주고 있다. 그가 그렇게 여러 번 그들을 향해 신랄한 설교를 퍼부었는데도 어떻게 그들이 그 자리에서 바로 베드로에게 돌을

던지지 않았는지 나는 놀라지 않을 수 없다. 성경은 베드로가 설교를 마쳤을 때에야 유대인들이 베드로와 요한을 잡아갔다고 기록하고 있다(행 4:3). 그들이 베드로와 요한을 잡아간 것은 선생으로 삼기 위해서가 아니었다. 그건 삼척동자도 알 수 있는 일이다. 그것은 그들을 감옥에 가두기 위해서였다.

그러나 베드로의 설교의 결과 많은 사람들이 믿게 되었다. 그날 믿게 된 남자의 수만 5천 명에 달했다. 그리고 거기에는 분명히 여자들이 5천 명쯤 있었을 것이고, 어린이들도 있었을 것이다. 그때는 교회가 탄생한지 몇 주밖에 되지 않았을 때였는데, 거의 2만 명의 새신자들을 얻은 것이다. 사도행전 5장에서 우리는 성도들이 엄청나게 늘어났다는 것을 볼 수 있다. 그러나 성경은 숫자를 언급하지는 않았는데, 그 이유는 아마도 신자가 셀 수 없을 정도로 많았기 때문일 것이다.

다시 베드로와 요한 이야기로 돌아가 보자. 그들은 그날 밤 감옥에 들어갔다. 아침이 되었을 때 그들은 끌려

나와서 심문을 받았다. "너희가 무슨 권세와 누구의 이름으로 이 일을 행하였느냐"(행 4:7)

나는 베드로가 속으로 '아주 좋은 질문이군! 저 사람, 지금 자기가 무슨 말을 하고 있는지 알고나 있는 건가? 이번엔 제대로 대답해 주어야겠군!' 이라고 생각했을 것이라고 상상이 된다.

어떤 면에서 사탄은 매우 어리석다. 사탄은 자기 능력의 한계를 벗어나 너무 무리를 한다. 사탄은 '내가 베드로와 요한에게 본때를 보여줄 거야. 내가 저들을 사로잡혀 가게 할 거야' 라고 생각했다. 그런데 어떤 일이 일어났는지 아는가? 비록 그들이 산헤드린(이스라엘의 최고 지도자들)이 지켜보는 앞에서 매를 맞기는 했지만, 한편으로는 그 덕에 산헤드린 지도자들에게 예수님을 증거할 수 있었다. 만약 사탄이 그런 자리를 만들어 주지 않았다면 베드로와 요한은 절대로 그런 기회를 얻을 수 없었을 것이다. 사탄은 항상 그런 식이다. 사탄은 빌립보에서 바울을 감옥에 가두었는데, 그때 간수와 그의 가족 전체가 다 구원을 받았다. 사탄은 예수님을 십자가에 못 박히게 했는데, 그로 말미암아 어떤 일이 일어났는가? 예수님은 온 세상을 구원했다. 사탄은 자기가 하는 일이 무엇인지 제대로 알지 못한다. 하나님만이 모든 것을 다스리시는 주권자이시다.

베드로와 요한은 호랑이 소굴로 걸어 들어갔고 고난을 받아들였다. 그들은 말싸움을 하지도 않았다. 그들은 싸우지도, 도망가지도, 기둥 뒤에 숨지도 않았다.

그들은 그것이 하나님이 주시는 기회라는 확신을 가지고 담대히 앞으로 나아갔다.

그때 성령으로 충만해진(행 4:8) 베드로가 예수님의 이름으로 복음을 증거했고, 이스라엘의 지도자들을 초청하는 것으로 설교를 마무리 했다. "다른 이로써는 구원을 받을 수 없나니 천하 사람 중에 구원을 받을 만한 다른 이름을 우리에게 주신 일이 없음이라 하였더라"(행 4:12)

조금도 흐트러짐 없이

　베드로가 성전 안의 공회당에 서있는 모습을 상상해 보라. 가야바가 뒤쪽에 있는 대제사장 좌석에 앉아 있고 나머지 산헤드린 전체가 그 앞쪽에 앉아 있는데 베드로가 거기서 예수님을 증거하고 있다. 더욱 놀라운 것은 그의 설교가 조금도 흐트러짐이 없었다는 것이다. 그들은 베드로가 누구의 이름으로 미문 앞에서 구걸하던 앉은뱅이의 다리를 고쳐주었는지를 물어보았고, 베드로는 그것에 대해 진실하게 답했다.

　그러자 그에게 고난이 더 크게 다가왔다.

　산헤드린 공회는 베드로와 요한에게 다시는 예수님의 이름으로 말하거나 가르치지 말라고 했다(행 4:18). 그때 베드로와 요한은 "하나님 앞에서 너희의 말을 듣는 것이 하나님의 말씀을 듣는 것보다 옳은가 판단하라"(행 4:19)고 말했다. 그것은 산헤드린이 아주 답하기 힘든 말이었는데 그 이유는 그들이 종교지도자들로서 사람들에게 늘 종교적이고 경건한 것처럼 보이려고 했고 하나님을 믿는다고 말했기 때문이었다. 만약 그들이 "베드로와 요한, 너희들은 하나님보다 우리의 말에 복종해야 해"라고 말했다면, 종교지도자로서 올바른 처세가 아닐 것이다. 반면에 "너희들은 우리의 말보다 하나님께 순종해야 해"라고 말했다면, 그것 또한 종교지도자로서 입장이 애매해지게 될 뿐더러 제자들이 무죄하다는 것을 입증해 주는 꼴이 될 것이다. 베드로는 그들을 이러지도 저러지도 못하게 했다.

산헤드린 공회는 베드로와 요한을 위협하고 그들에게 한 차례 교훈을 한 후 그들을 풀어주었다. 그들은 베드로와 요한을 벌 줄 도리가 없었다. 그 이유는 사람들을 두려워했기 때문이었다. 그래서 그들은 베드로와 요한을 풀어주었다.

베드로와 요한은 크리스천들이 모여 있는 곳으로 돌아갔고 크리스천들은 전부 하나님께 영광을 돌리고 하나님을 찬양했다. 그리고 난 뒤 그들은 기도했다. 그들은 "하나님, 우리를 보호해 주세요. 그들이 우리를 잡으려고 합니다"라고 기도하지 않았다. 그들은 "주여 이제도 그들의 위협함을 굽어보시옵고 또 종들로 하여금 담대히 하나님의 말씀을 전하게 하여 주시오며"(행 4:29)라고 기도했다.

그들은 "우리를 도와주십시오"라고 기도하지 않고 "우리에게 능력을 부어주시고 우리를 다시 돌려 보내사 증거케 하여 주시옵소서"라고 기도했다.

"빌기를 다하매 모인 곳이 진동하더니 무리가 다 성령이 충만하여 담대히 하나님의 말씀을 전하니라"(행 4:31)

그 다음 구절에는 무엇이라고 기록되어 있는가? "믿는 무리가…"(행 4:32) 그들은 열매를 얻었다. 그들은 밖으로 나아가 그곳을 복음으로 완전히 전복시켰다.

그들이 자기 자신을 고난 가운데 내어준 것은 정말 아름다운 일이었다. 그들은 세상과 담대히 마주하였다.

그들은 뒤로 물러서지 않았다. 그들은 발꿈치를 들고 몰래몰래 다니거나 또는 "복선을 까는" 전략을 사용하지도 않았다. 그들은 복음 전도지를 다른 사람의 바지 뒷주머니에 살짝 끼워 넣어주려고 하지도 않았다. 그들은 사랑의 마음을 가지고 그리스도를 외치며 세상과 담대히 마주하였다. 그리고 결과는 하나님께 맡겼다. 그때 어떤 일이 일어났는지 아는가? 그들은 그렇게 하지 않았다면 절대로 얻을 수 없었던 놀라운 기회들을 얻게 되었다. 그리고 하나님은 그들에게 전에 없는 담대함을 부어주셨다.

오늘날 전도에 있어서 한 가지 문제는 크리스천들이 기꺼이 세상과 담대히 정면으로 마주하고 복음이 바로 예수 그리스도에 관한 것이라는 것을 밝히 말하지 않는다는 것이다. 모든 사람들의 편견을 다 수용하고 조화하려고 한다면 복음은 약해질 수밖에 없다. 우리에게는 담대함이 필요하다. 베드로와 요한의 담대함이 우리 대부분이 삶에서 경험하고 있는 것과는 아주 거리가 멀다는 것은 슬픈 일이다. 나는 우리가 더욱 담대해질 수 있도록 하나님께 기도하고 간구하는 바이다.

과격한 반대자들과 마주하기

언젠가 나는 미국 LA에 위치한, 유대인의 수가 압도적으로 많고 학생수가 1만 5천에서 2만 명 정도 되는 어떤 대학으로부터 강의를 해달라는 초청을 받게 되었다. 나는 기독교의 철학적 기초를 강의를 해달라는 부탁을 받았다. 많은 학생들이 강의에 참석했고 유대인 근본주의자들도 거기에 있었다. 그들 중에 어떤 이들은 아주 과격한 안티 크리스천들이었다. 그들은 내 강의를 듣기 위해 거기에 앉아 있었다.

때로 당신은 설교나 강의를 할 때 하나님의 능력이 당신에게 임하는 것을 느낄 때가 있을 것이다. 그것은 마치 당신은 껍질만 거기 서있을 뿐 하나님이 모든 것을 주관하시는 것 같은 그런 느낌이다. 하나님은 나에게

또렷한 생각을 주시고 낭랑한 목소리를 주셨다. 청중들은 찬물을 끼얹은 듯 조용했고 나는 강의를 할 마음의 준비가 되어 있었다. 한 시간 동안 나는 기독교에 대한 철학적인 기초를 설명했다. 그리고 남은 10분을 예수님이 메시아라는 것을 증명하는데 시간을 보냈다.

내가 강의를 끝내자 과격한 안티 크리스천 조직은 내가 캠퍼스 밖으로 빠져나가지 못하도록 통로를 차단할 것을 요구했다. 나는 집으로 돌아온 후 아주 불쾌한 편지들을 받았고 또 나의 신변과 가족들의 신변에 위협을 받았다. 그들은 또한 주일아침 우리 교회에 와서 교회의 시설을 파괴했다. 나는 새벽 2시 또는 3시에 불쾌한 전화, 협박하는 전화를 받았다.

나는 내 일생에서 세상과 마주한다는 것이 무엇인지를 두 번째로 깨닫게 되었고 예수님 때문에 미움을 받는다는 것이 무엇인지 알게 되었다. 그런데 재미있는 것은 그때보다 더 신나고 더 스릴감 넘치는 경험을 해본 적이 없었다는 것이다. (그리고 그런 경험은 지금도 여전히 계속되고 있다) 내가 하나님의 영이 주시는 능력 안에서 담대함을 가지고 세상과 마주할 때면 항상 그런 일이 일어난다.

나는 내가 그 대학에 가서 강의를 하면 그것으로 나의 사역은 마지막을 고하게 되지 않을까 또 내 생명이 위태롭지 않을까 하는 두려움으로 그날 그 대학에 가지 않을 수도 있었다. 그러나 나는 갔다. 그 모임이 끝난 후 여전히 우리가 그 대학 내에 머무르고 있을 때 어떤 학생이 나에게 와서 "선생님과 언제 한 번 개인적으로 대화할 수 있는 기회를 얻을 수 있을까요?"라고 말했다.

일주일 후에 그가 내 사무실로 찾아왔다. 그리고 "나는 당신이 그날 말했던 것이 타당성이 있다고 생각합니다. 나는 그리스도에 대해 알고 싶습니다"라고 말했다. 그는 현재 그리스도 안에서 한 형제가 되었고, 그의 구원은 내가 기꺼이 고난을 향해 발을 들여놓은 결과였다. 그리고 그는 다른 사람들을 그리스도께로 인도함으로써 열매를 맺고 있다.

당신은 "맥아더, 아무리 그래도 자기 스스로를 그런 위험에 빠뜨려서는 안되죠"라고 말할지도 모르겠다.

그렇지 않다. 나는 일부러 그렇게 했다. 나는 한 젊은 청년의 생명을 구하기 위해서라면 나 자신을 기꺼이 희생할 수 있어야 한다고 생각했다. 만약 하나님이 나의 생명까지도 바치라고 한다면 나는 하나님을 위해 기꺼이 생명을 바쳐야 할 것이다. 그것이 바울의 자세였다. 바울은 병에 걸렸을 때나, 시련을 당할 때나, 궁핍에 처할 때나 하물며 핍박을 받을 때조차도 하나님을 영화롭게 하는 삶을 살았다고 했다. 왜냐하면 그가 핍박을 받음으로써 사람들이 구원을 받고 또 유익을 얻었기 때문이었다.

크리스천은 다른 사람의 유익을 위해 소모되어야 하는 사람이다. 당신이 실제로 물리적으로 고난을 받지 않더라도 정신적으로 핍박을 받을 수도 있다. 당신은 사회에서 조용히 배척받거나 왕따를 당할 수도 있다.

사람들이 당신을 슬슬 피할 수도 있다. 사람들이 당신을 "별종"으로 여기며 뒤에서 손가락질 할 수도 있다. 그리고 그것은 당신의 자존심에 상처를 줄 수도 있다. 다른 사람들과 원만하게 잘 어울리고 싶지 않은 사람은 세상에 없다. 그러나 세상이 당신을 받아주지 않을 때 당신은 주님께 아주 귀하게 쓰임 받는 사람이 될 수 있다.

나는 자학적인 성향을 가진 메조키스트는 아니다. 나는 영적인 면에서건 다른 방면에서건 다른 사람들에게 무시당하거나 함부로 대우받는 것을 좋아하지 않는다. 나는 주변 사람들에게 "오, 나는 이렇게 핍박을 받고 있어요. 이정도면 아주 영적인 것 아니에요?"라고 은근히 자랑하려는 것이 아니다. 절대로 그런 것은 아니다. 지금 나는 기꺼이 담대해지고자 하는 것에 대해 말하려는 것이다. 즉, 기꺼이 세상과 마주하고 결과는 하나님께 맡길 수 있는 담대함 말이다. 절대로 적당한 선에서 타

협해서 복음을 말해주려고 하지 말라. 만약 진리가 다른 사람의 마음과 귀에 거슬린다면, 거슬리는 그대로 말하라. 그런 사람들은 전 인생을 하나님을 대적하면서 살아왔다. 그러므로 그들이 하나님과 말씀을 좀 더 대적한다고 해도 문제될 것은 없다.

바울이 빌립보서에서 하는 말을 깊이 생각해 보라. "만일 너희 믿음의 제물과 섬김 위에 내가 나를 관제로 드릴지라도 나는 기뻐하고 너희 무리와 함께 기뻐하리니"(빌 2:17) 이 말은 무슨 뜻인가? 당신이 구원을 받는 대가로 내가 죽음이라는 희생을 치르더라도 좋다는 뜻이다. 내가 만약 당신의 기쁨을 위해 희생제물로서 내 목숨을 내어준다 하더라도 나는 그것이 기쁘다는 뜻이다.

골로새서에서 바울은 그의 고난에 대해 기뻐하고 있다. 당신은 바울이 미쳤다고 생각할지도 모르겠다. 그러나 아니다. 그렇지 않다. 바울은 "나는 이제 너희를 위하여 받는 괴로움을 기뻐하고 그리스도의 남은 고난을 그의 몸된 교회를 위하여 내 육체에 채우노라"(골 1:24)고 말했다. 여기서 바울이 하는 말은 무슨 뜻인가? 세상이 조롱하고 핍박하려는 대상은 예수님이라는 것이다. 그들은 내 육체에 크리스천들이 싫어서 크리스천들을 핍박하는 것이 아니라 예수님이 싫어서 크리스천들을 핍박하는 것이다. 그러나 그들은 예수님을 조롱하고 핍박할 수 없다. 그래서 그들은 당신과 나를 대상으로 핍박을 하는 것이다.

바울은 고난을 참는 것은 예수 그리스도를 위한 것이며, 예수님의 남은 고난을 자기의 육체에 채우는 것이라고 말하고 있다. 세상은 예수님을 살해하려는 일을 아직 다 완수하지 못했다. 그리고 바울은 세상 한 가운데 서서 자기를 위해 목숨을 버리신 그분을 위해 기꺼이 목숨을 바치려고 했다. 이와 마찬가지로 우리는 예수님을 위해 세상 한 가운데 서서 기쁨으로 화살을 손에 잡아야 한다.

바울은 "내가 내 몸에 예수의 흔적을 지니고 있노라"

(갈 6:17)고 말했다. 이 말은 "이 상처들, 이것들은 나를 위한 것이 아니다. 그 상처들은 예수님을 위한 것이다. 그러나 나는 예수님을 위해서 그 상처들을 기꺼이 받기로 했다"라는 의미이다. 당신은 당신을 위해 고난 받으신 그분을 위해 기꺼이 고난을 받을 수 있는가? 당신은 기꺼이 세상과 마주할 수 있는가? 그것은 하나님의 뜻이다.

Chapter . 07

뭐든지 다 하라!

God's Will

이제 당신에게 마지막 원리를 말해 주겠다.

의자를 단단히 붙들라!

당신은 풀쩍풀쩍 뛰고 소리를 지르고 싶어질지도 모른다.

만약 당신이 위에서 언급한 다섯 가지 기본적인 원리들을 전부 다 이행하고 있다면, 하나님의 뜻과 관한 마지막 원리는 당신이 원하는 것은 뭐든지 다 하는 것이다.

기억하라. 하나님은 가장 분주히 움직이는 성도들을 위해 가장 풍성한 사역을 준비하고 계신다는 것을….

뭐든지 다 하라!

하나님의 뜻은 당신이 구원을 받는 것이며, 성령 충만해지는 것이고, 거룩해지는 것이며, 순종하는 것이고, 또 고난을 받는 것이다. 하나님의 말씀이 이 모든 것을 분명하게 말해주고 있다. 이 다섯 가지 원리들을 완전히 이해하고 심령에 붙들고 난 후에야 이 책을 계속 읽어가라.

당신은 "맥아더, 당신은 내가 어떤 학교에 가야 되는지 등등에 대해 말해준다고 했잖아요. 하나님의 뜻에 대해 구체적으로 말해준다고 했잖아요. 그런데 뭐예요. 그렇게 하지 않았잖아요!"라고 말할지도 모르겠다.

좋다. 이제 당신에게 마지막 원리를 말해 주겠다. 의자를 단단히 붙들라! 당신은 풀쩍풀쩍 뛰고 소리를 지르고 싶어질지도 모른다. 만약 당신이 위에서 언급한 다섯 가지 기본적인 원리들을 전부 다 이행하고 있다면, 하나님의 뜻에 관한 마지막 원리는 당신이 원하는 것은 뭐든지 다 하는 것이다. 만약 하나님의 뜻에 대한 이 다섯 가지 요소들이 당신의 삶 속에 이행되고 있다면, 누가 당신의 마음의 소원을 주장하겠는가? 하나님이시다. 시편 기자는 "또 여호와를 기뻐하라 그가 네 마음의 소원을 네게 이루어 주시리로다"(시 37:4)라고 말했다. 하나님은 이 말씀에서 인간이 가진 모든 종류의 갈망을 다 채워주실 것이라고 말하지 않았다. 만약 당신이 하나님을 경외하는 삶을 살고 있다면 하나님이 당신에게 의로운 갈망을 주실 것이다.

　사람들은 나에게 "전에 다른 영역에서 사역을 아주 성공적으로 잘 이루었는데, 왜 당신은 지금 이 사역으로 바꾸었나요?"라고 물어본다. 그럴 때 나는 항상 "그렇게 하고 싶어서요"라고 대답한다. 그러면 사람들은 "오, 당신이 원해서요"라고 말한다.

　내가 아는 어떤 친구가 어느 날 나에게 "존, 나는 하나님이 내가 어떤 일을 섬기기를 원하는지 잘 모르겠어"라고 말했다. 그때 나는 "마티, 만약 자네에게 선택권이 주어진다면 어떤 사역을 하고 싶은가?"라고 말했다.

　그는 "나는 내 민족 이스라엘에 대한 목자의 심정이 있다네. 나는 프랑스어를 능숙하게 하는데 파리는 예수님을 알지 못하는 유대인들로 가득해. 개인적으로 나는 파리로 가서 거기 있는 유대인들을 위한 선교사가 되고 싶어"라고 말했다.

　나는 다섯 가지 영적인 원리에 기초해서 그가 제대로

준비되었는지 확인해 보고 싶었다. 그래서 "마티, 이 다섯 가지에 문제가 없나?"라고 물어보았다.

그는 "응, 그 다섯 가지 면에서는 그리스도께 헌신되어 있다고 스스로 자신하네"라고 대답했다.

나는 "그렇다면 마티, 바로 떠나게. 좋은 결과가 있기를 바라네"라고 말했다.

그는 잠시 주저하는 듯하더니 "그렇지만 나는 42개의 선교부에 편지를 보내야 해"라고 말했다.

나는 "아니 그럴 필요 없어! 그냥 가"라고 말했다.

그러자 그는 "내가 그렇게 하고 싶어서 그래"라고 말했다.

"그렇다면 그렇게 계획하신 분이 하나님이라는 것을 믿고 행동개시로 들어가게"라고 나는 말했다.

그 후 그는 어떤 선교 팀에 합류했고 거기서 프랑스 선교사 명단에 이름을 써넣었다. 우리는 우리 교회 앞에 "마티 울프 선교사 프랑스 파송"이라고 큰 현수막을 써서 걸었다. 그는 프랑스 선교 지원금을 받아 떠났고,

오늘날 캐나다에서 그리스도를 섬기고 있다.

그리고 어떤 일이 일어났는가? 그는 제대로 준비된 사람이었기 때문에 어디를 가든지 장소는 문제가 되지 않았다. 그는 프랑스어를 사용하는 유대인들을 섬기면서 몬트리올에 살고 있다. 프랑스어를 사용하는 유대인들을 섬기겠다는 그의 생각은 옳았지만 하나님은 프랑스 파리가 아닌 다른 도시를 생각하고 있었던 것이다.

이것은 또 다른 중요한 원리를 우리에게 깨닫게 해준다. 전혀 움직이지 않는 트럭의 핸들을 돌려서 트럭의 방향을 틀려고 해보라. 그것은 아주 힘든 일이다. 그 트럭을 조금만 움직이려고 해도 거대한 크레인과 체인이 필요할 것이다. 그러나 일단 트럭이 굴러가기만 하면, 트럭의 무게가 36,000 파운드가 넘어도 방향을 조절하기가 그렇게 어렵지는 않다.

마틴은 일단 굴러가는 트럭이었고, 하나님은 하나님의 뜻이라는 강한 팔로 핸들을 잡으신 것이다. 그것은 쉬운 일이었다. 나는 마틴이 전혀 움직이지 않고 있을 때 하나님이 천상의 크레인을 사용해서 마틴을 들어올리기도 하고, 또 올바른 방향으로 나아가도록 밀기도 하고, 당기기도 해서 그가 굴러가도록 할 수도 있었을 것이라고 생각한다. 그러나 하나님은 그렇게 하지 않으시고 마틴이 이미 굴러가고 있을 때 그를 사용하셨다. 이처럼 하나님은 이미 굴러가고 있는 사람들을 사용하기를 좋아하신다.

이에 대해 위대한 사도 베드로가 하는 말을 들어보라. "그때에 베드로가 사방으로 두루 다니다가 룻다에 사는 성도들에게도 내려갔더니 거기서 애니아라 하는 사람을 만나매 그는 중풍 병으로 침상 위에 누운 지 여덟 해라 베드로가 이르되 애니아야 예수 그리스도께서 너를 낫게 하시니 일어나 네 자리를 정돈하라 한대 곧 일어나니"(행 9:32~35)

이 놀라운 말씀은 하나님이 병든 자를 치유하셔서 새로운 삶을 살도록 하는데 베드로를 사용하셨다는 사실을 기록하고 있다. 주님의 뜻을 좇아 다른 사람을 섬긴다는 것은 얼마나 복된 경험인가. 그리고 이 사건은 "베드로가 다섯 가지 영역을 다 거쳤다"는 사실을 내포하고 있다는 것을 깊이 생각하지 않아도 우리는 알 수 있다.

베드로는 열려 있는 문을 향해서 나아가고 있었다. 그것은 하나님이 그에게 룻다로 가라고 했을 때였다. 기억하라. 하나님은 가장 분주히 움직이는 성도들을 위해 가장 풍성한 사역을 준비하고 계신다는 것을….

우리는 창세기에서도 동일한 사실이 자세하게 설명되어 있는 것을 볼 수 있다. "이르되 나의 주인 아브라함의 하나님 여호와를 찬송하나이다 나의 주인에게 주의 사랑과 성실을 그치지 아니하셨사오며 여호와께서 길에서 나를 인도하사 내 주인의 동생 집에 이르게 하셨나이다 하니라"(창 24:27) 아브라함은 이삭의 아내, 즉 며느리 감을 구하기 위해 종을 한 사람 보내었다. 그는 자기가 만나야 할 사람이 누군지, 어떻게 그 사람을 찾아야 할지 전혀 몰랐다. 그러나 그는 일단 주인의 명령을 섬기기 위해 길을 떠났고 주님은 그때부터 모든 것을 간섭하셨다.

하나님이 하시는 일에 뛰어 들어라. 그리고 하나님이 그 완전하신 뜻 가운데로 당신을 인도하도록 하라.

바울은 2차 전도여행에서 로마제국의 아주 큰 지방에 해당하는 갈라디아에 가서 하나님이 계획하신 일을 완수했다. 바울은 그곳의 성도들에게 힘을 주고, 격려하고, 확신을 주었다. 그곳에서 바울이 원래 하려고 했던 일은 다 했지만, 그러나 바울의 일은 아직 끝나지 않았다. 그는 계속 앞으로 나아갔다. 그는 집요함과 불굴의 의지를 가지고 나아갔다.

바울은 하나님의 뜻을 구체적으로 알지 못한 채 서쪽을 향해 갔다. 그래도 어쨌거나 그가 움직이고 있었기 때문에 하나님은 핸들을 조정해서 그의 방향을 주도해 갈 수 있었다. 다음 지역은 소아시아 지역에 있는 에베소, 서머나, 빌라델비아, 라오디게아, 골로새, 사데, 버

가모, 두아디라였다. 바울은 실라, 그리고 디모데와 함께 많은 사람들을 복음으로 인도할 것을 기대하며 소아시아로 향했다.

그런데 갑자기 고속도로에 시멘트벽이 가로막고 있는 것 같이 성령께서 아시아로 가는 길을 막았다(행 16:6). 우리는 하나님이 어떤 방식으로 그들의 길을 막았는지는 모른다. 어쨌거나 하나님은 그들을 막았다. 막힌 문으로 인해 그들의 방향은 바뀌었고 그들은 비두니아 지역으로 들어가려고 북쪽에 있는 무시아 쪽으로 갔다. "그러나 성령이 허락하지 않았다"(행 16:7). 또 다른 벽에 부딪힌 것이다. 그들은 북쪽으로 가려고 했지만 안됐고, 남쪽으로도 안됐으며, 동쪽에 있는 갈라디아로도 길이 열리지 않았다. 그러면 이제 어떻게 할 것인가? 이 시점에서 우리라면 "모든 문이 다 닫혔으니 이제 집으로 돌아가는 수밖에 없겠군"이라고 말했을 것이다. 그러나 바울은 그렇게 말하지 않았다.

아직 서쪽이 남아있다. 그래서 그들은 소아시아와 비

두니아 사이에 서쪽으로 펼쳐져 있는 경계선을 따라 에게해로 들어왔다. 그들은 드로아 지역의 해변가에 도착했다. 그리고 그날 밤에 바울은 환상을 보았다. 마게도니아 사람 하나가 서서 그에게 "마게도냐로 건너와서 우리를 도우라"(행 16:9)고 청하는 환상이었다. 그렇게 해서 기독교는 아시아에서 사이비 종파 중 하나로 간주될 처지에서 벗어나게 된 것이다. 기독교는 유럽으로 건너가게 되었고 그곳에는 완전히 새로운 세상, 새로운 문화가 기다리고 있었다.

하나님은 그들이 마게도니아로 가기를 늘 바랐다. 그러나 하나님은 그들이 자기들의 믿음과 불굴의 의지를 입증해 보이기까지 절대로 그것을 말하지 않았다. 그리고 그들이 그것을 입증해 보이기까지 다음 단계로 나아갈 수도 없었다.

계속 나아가라. 이 얼마나 놀라운 원리인가! 많은 사람들이 그냥 가만히 주저앉아 "나는 하나님이 내가 뭘 하기를 바라는지 모르겠어요"라고 말하면서 하늘나라

크레인이 자기들을 움직여 줄 때까지 기다리고 있다. 그들은 먼저 움직여서 나아가야 한다. 그럴 때 하나님은 하나님이 계획하신 사명의 땅으로 나아가도록 핸들을 조종해 주실 것이다. 하나님의 뜻을 안다는 것은 막다른 골목에 이를 때까지 좁은 길을 따라 의지적으로 나아가는 것일 수가 있다. 그 시점에서 하나님은 문을 활짝 열어주실 것이다. 문이 열릴 때 당신은 주변을 두리번거려서는 안된다. 그냥 그 열린 문으로 들어가야 한다.

바울의 반응은 어떠했는가? 그것은 사도행전에 기록되어 있다. "바울이 그 환상을 보았을 때 우리가 곧 마게도냐로 떠나기를 힘쓰니 이는 하나님이 저 사람들에게 복음을 전하라고 우리를 부르신 줄로 인정함이러라"(행 16:10)

바울은 즉각 순종했고, 그것은 순종의 의지를 가진 사람이 열린 문을 만날 때 할 수 있는 유일한 반응이다.

나는 어렸을 때 놀이공원에 갔다가 25센트를 내고 미로에 들어간 적이 있었다. 그 미로는 온통 거울과 열린 공간, 비치는 유리 등으로 이루어져 있었다. 그 미로는 일단 열린 공간을 찾은 후 그곳을 빠져나가는 길을 알아내도록 되어 있었다. 어떤 어린 아이는 중도에 길 찾기를 포기하고 엄마를 부르며 울고 서있었다. 그러나 나는 포기하지 않았다. 나는 유리에 부딪히기도 하고, 거울에 부딪히기도 하면서 이리저리 헤매고 다녔다. 결국 15분 후에 열린 공간을 찾았고 그곳을 빠져나올 수 있었다.

당신은 닫힌 문에 부딪혀서 나가떨어질 수도 있다. 그러나 그것은 열린 문으로 당신을 들어가게 하기 위한 과정이다. 계속 움직이라. 그리고 의지를 가지고 나아가라.

이제, 당신도 알겠지만 하나님의 뜻이 반드시 장소와 관련되어 있지는 않다. 하나님의 뜻은 당신이 어떤 곳으로 선교사로 떠나거나 또는 이곳에서 구체적으로 어떤 일을 해야 하는 그런 것은 아니다. 하나님의 뜻은 인격 대 인격으로서 하나님과 당신과의 관계에서 비롯된다. 만약 당신이 하나님과 올바른 관계를 맺는다면, 당신은 당신의 소원을 좇아 행함과 동시에 하나님의 뜻도 이루어드릴 수 있다.

"그러므로 형제들아 내가 하나님의 모든 자비하심으로 너희를 권하노니 너희 몸을 하나님이 기뻐하시는 거룩한 산 제물로 드리라 이는 너희가 드릴 영적 예배니라 너희는 이 세대를 본받지 말고 오직 마음을 새롭게 함으로 변화를 받아 하나님의 선하시고 기뻐하시고 온전하신 뜻이 무엇인지 분별하도록 하라"(롬 12:1~2)

인생을 살면서 무슨 일이 일어나든 그것에 감사하라. 그 이유는 "그것이 그리스도 예수 안에서 우리를 향하신 하나님의 뜻"(살전 5:18)이기 때문이다. 하나님은 그런 사건들을 사용하셔서 당신을 하나님의 뜻 안에서 빚으시고 계시는 것이다.